KB185189

49일의
레시피

49일의 레시피

이부키 유키 지음
김윤수 옮김

차례

일러두기

- 한국어로 바꿨을 때 어색하거나 더 많이 통용되는 표현이 있을 경우, 외래어 표기법 및 맞춤법 표기를 예외로 두었습니다.
- 본문 속 각주는 옮긴이 주입니다.
- 본문에 나온 도서는 《 》로, 노래 제목은 〈 〉로 표기했습니다.

프롤로그

아버지는 노란색 원피스를 입고 나타난 그 사람을 유리코의 새엄마가 될 분이라고 소개했다.

다섯 살 무렵 동물원에 갔을 때의 일이다.

오토미라고 이름을 말해준 그 사람은 다정하게 미소 짓더니 같이 도시락을 먹자며 찬합을 내밀었다.

그 순간 무슨 감정이었는지 있는 힘을 다해서 찬합을 밀쳐 떨어뜨렸다.

아버지는 호통을 쳤고 오토미가 그런 아버지를 달랬다. 발밑에는 미니햄버그와 별 모양의 달걀부침이 흩어졌다. 동물원에서 풀어놓은 닭들이 쪼아 먹던 게 기억난다.

그리고 33년이 흘렀다.

새엄마 오토미는 아버지와 자식을 낳지 않고 2주 전 아침, 일흔한 살의 나이에 세상을 떠났다.

유리코는 고속철도인 신칸센을 타고 나고야역에서 내려 고향으로 향하는 전철에 올라타며 생각했다.

그때 새엄마는 어떤 생각을 하면서 찬합을 채웠을까. 처음 만나는 의붓자식을 위해 얼마나 정성을 담아서 도시락을 준비했을까.

그 찬합에 무엇이 담겨 있었을까. 지금은 가슴 아플 정도로 이해가 된다.

"옴마."

'오토미 엄마'를 줄여서 '옴마'라고 부르던 그 이름을 중얼거려본다.

다섯 살부터 33년 동안 멀지도 가깝지도 않게 항상 옴마는 따스한 눈길로 유리코를 지켜봐 주었다.

하지만 유리코는 언제나 무뚝뚝하게 옴마를 대했다. 싫었던 건 아니다. 조심했을 뿐이다. 옴마의 밝은 모습이 눈부셔서 도저히 호의를 순수하게 받아들이지 못했다.

전철이 첫 번째 역에 도착하고 열린 문으로 금목서 향이 풍겼다.

2주 전에는 맡지 못한 향기였다.

그때는 시어머니를 돌봐야 해서 장례식이 끝나자마자 도쿄의 집으로 돌아갔다. 그런데 2주가 지난 지금, 이제 돌아갈 집이 없다. 만약 옴마가 살아 있다면 친정으로 돌아가는 자신에게 무슨 말을 할까.

갑자기 오열이 터져 나와 손으로 얼굴을 감쌌다.

이제는 솔직하게 말할 수 있다.

옴마를 만나고 싶다. 진심으로 좋아했다고 전하고 싶다.

그리고 만약 괜찮으면 묻고 싶은 게 있다.

옴마만 답해줄 수 있는 것….

왜 그때 소리를 질렀을까.

그깟 소스 얼룩쯤이야 조심해서 가져가면 되는 일이었는데.

그 도시락이 아내의 마지막 요리라는 걸 알았다면

그런 야속한 말은 하지 않았을 텐데.

1장

2주 전, 아쓰타 료헤이가 낚시를 간다고 하자, 아내 오토미가 도시락을 준비해 주었다.

　그런데 현관에서 건네주는 도시락 주머니가 소스로 얼룩져 있었다. 순간 료헤이는 버럭 소리를 질렀다.

　"당신, 뭐 하는 거야. 소스, 주머니에 소스가 배어나잖아. 아아, 손에 묻었어. 끈적거려. 손수건 어딨어, 손수건!"

　손에 묻은 소스를 손수건에 닦자, 목소리가 한층 커졌다.

　"도대체 일을 어떻게 하는 거야! 하려면 제대로 해."

　"어머나."

　오토미가 도시락 주머니를 보았다.

"고로케 샌드위치에 바른 소스가 배어 나왔나 봐요. 비닐에 넣어서 가져가실래요?"

"됐어" 하고 료헤이는 신발을 신었다.

"필요 없어."

"좋아하시는 건데요?"

"가방에 묻어. 됐어."

오토미는 도시락 주머니를 쥐고 쓸쓸한 얼굴을 했다.

그 모습이 살아 있는 아내를 본 마지막이었다.

그로부터 수 시간 뒤, 오토미는 집에서 심장 발작을 일으켰고, 혼자 눈을 감았다. 테이블 위에는 손대지 않은 도시락 주머니가 그대로 놓여 있었다. 그걸 떠올릴 때마다 료헤이는 눈물이 맺혔다.

왜 그때 소리를 질렀을까.

그깟 소스 얼룩쯤이야 조심해서 가져가면 되는 일이었는데. 그 도시락이 마지막 요리라는 걸 알았다면 그런 야속한 말은 하지 않았을 텐데.

고로케, 햄버그, 호박찜, 모시조개밥, 지라시 초밥.*

그 맛을 하나하나 떠올리면서 탄식했다.

● 초밥용 밥에 야채와 생선을 얹은 꽃 초밥을 말한다.

모두 최고로 맛있었는데 생각해 보면 오토미의 요리를 제대로 칭찬한 적이 없었다. 칭찬은커녕, 어느새 항상 큰 소리를 내고 있었다. 나쁜 뜻은 없었다. 목소리가 큰 건 옛날 경비 일을 한 탓에 습관이 되어서 하는 수 없다지만 말투라는 게 있다.

쓸쓸한 얼굴로 도시락을 안고 있던 오토미를 떠올린다.

함께 살아온 세월 속에 웃는 얼굴도 많았을 텐데 마음속에 떠오르는 건 언제나 쓸쓸해하던 그 얼굴이다. 그때마다 몸이 뒤틀리는 기분이 든다.

오토미는 행복했을까.

창밖에서 들리는 희미한 소리에 눈을 떴다.

오토미가 '작업실'이라고 부르며 그림을 그리고 글을 쓰던 이 방에는 정오를 넘어 햇볕이 쏟아지고 있었다. 방 주인도 없는데 유난히 밝은 분위기로 가득 차 있다.

그 밝은 빛이 거추장스러워 천천히 일어나서 커튼을 닫고 책상 앞에 앉았다.

근처 복지 시설에서 그림 편지 그리는 법을 가르친 탓인지 오토미가 사용하던 책상 위에는 그림 도구와 먹을거리가 그려진 엽서들이 어질러져 있었다. 그중에서 라멘 그림을 보고 료헤이는 눈을 감았다.

오토미가 세상을 뜨고 지난 2주 동안 제대로 된 식사를 하지 않았다. 친척이 보내준 음식은 입에 맞지 않았고, 사 온 반찬은 한 입만 먹어도 기분이 나빠졌다.

그래도 수일 걸러 전화를 걸어오는 딸 유리코에게 불편하다는 말은 하고 싶지 않았다. 도쿄에서 시어머니를 모시는 딸에게 더 이상 걱정을 끼치고 싶지 않았고, 먹을거리로 투덜대는 일이 정말로 나이 든 것 같아서 싫었다.

그러는 동안 식사를 포함해 모든 일이 귀찮아졌다. 하루 걸러 배달되는 우유만 마시며 이 방에서 지낸 지 일주일이 넘었다. 이대로 끼니를 끊으면 오토미를 뒤따라갈 수 있을 듯했다. 그런데 허기가 극에 달하면 어느새 우유를 벌컥벌컥 마셔버렸다. 그런 자신이 한심하기 그지없었다.

"죽을 배짱도 없다니까."

료헤이는 중얼거리며 천장을 올려다보았다.

지은 지 40년이 되는 목조 이층집은 요즘 바람도 없는데 기둥과 천장에서 끊임없이 삐걱거리는 소리가 들렸다.

집도 울고 있다.

그런 느낌이 들었을 때 현관에서 여자 목소리가 들렸다.

"실례합니다."

몇 번이나 "실례합니다" 말하고 나서 "그럼 들어갈게요"

하는 소리가 이어졌다.

누군가가 집에 들어온 기척이 났다.

"실례합니다. 료헤이 아저씨, 있어요? 있으면 대답해요, 료헤이 아저씨!"

"누구요?"

료헤이는 목소리를 높였다.

그 순간 방문이 휙 열렸다.

"으악, 냄새."

"냄새라니, 무슨."

반박하면서도 어안이 벙벙해졌다.

이보다 더 태울 수 없을 정도의 갈색 피부에 노랑머리, 눈 주변을 은색으로 라인을 그린 여자애가 서 있었다.

이모토라는 그 노랑머리 여자애는 올해 열아홉 살로, 오토미가 자원봉사로 그림 편지를 가르치던 복지 시설의 원생이라고 했다.

스스럼없이 방으로 들어온 여자애한테 료헤이는 당장 나가라고 소리쳤다. 하지만 목소리가 잘 나오지 않았다. 곧바로 일어설 기력도 없어서 앉은 채 여자애를 노려보았다.

"누구냐?"

"이모토요. 아까 이모토 사치에라고 했잖아요."

여자애가 다다미 위에 어질러진 우유병을 줍고 창문을 열었다. 고개를 돌려 쳐다보는 얼굴에는 가짜 속눈썹이 무겁게 붙어 있다.

"오토미 선생님 부탁으로 왔어요."

"오토미는 이제 없어."

"알아요. 그래봤자 그저께 알았지만. 그래서 왔어요. 전에 선생님이 부탁했거든요. 만약 선생님이 죽으면 버릴 거, 정리할 게 많아서 바깥양반과 유릿치 언니가 분명 곤란할 거라고요."

"유릿치?"

"선생님은 딸을 그렇게 불렀어요."

하긴 오토미는 의붓딸 유리코를 그렇게 불렀다.

"그래서 선생님이 집 정리나 바깥양반의 밥, 법회 같은 자질구레한 걸 한 49일 무렵까지 돌봐주면 좋겠다고요."

"49재다."

"맞다, 그거요, 그거."

노랑머리가 연신 고개를 끄떡였다.

"도대체 오토미는 무슨 생각으로 그런 걸 부탁한 거냐?"

"음, 그래, 그거예요."

이모토라는 여자애가 방 안을 한 번 둘러보더니 책상에서 시선을 멈췄다.

"저게 선생님 책상이에요?"

료헤이가 고개를 끄떡이자, 이모토는 책상 옆에 놓인 서랍을 열어서 두꺼운 책자를 꺼냈다.

"그래, 이거야, 이거."

"그게 뭐냐?"

료헤이는 '생활 레시피'라고 써진 그 책자를 집어 들었다. 작은 도화지의 오른쪽 위에 구멍을 뚫고 고리를 끼운 책자였다. 학생들이 사용하는 링으로 된 단어장을 크게 만든 모양이랄까.

카드 종이를 살며시 넘겨보았다. 카드는 요리, 청소, 세탁, 미용, 기타 항목으로 나뉘어서 '히나마쓰리* 레시피', '생일 레시피' 같은 제목 밑에 요리법 등이 일러스트로 설명되어 있었다.

"오토미 선생님은 세탁과 청소 요령, 요리 레시피 같은

● 3월 3일. 여자아이의 성장을 축하하는 일본의 전통 축제.

걸 우리에게 가르쳐줄 때마다 이 카드를 줬어요. 다 깨끗하게 컬러 복사한 걸로요."

"오토미는 그림 편지를 가르치는 줄 알았는데."

"그렇긴 해요."

순간 이모토의 목이 메었다.

"이런저런 사정이 있어서요. 그래서 만약 무슨 일이 있으면 이걸 봤으면 좋겠다고 했어요."

이모토가 요리 카드를 찾아서 내밀었다.

거기에는 '장례식 날 레시피'에 이어서 '49일의 레시피'라고 쓰여 있었다.

료헤이는 그 글들을 찬찬히 읽고 씁쓸해졌다. 오토미는 장례식과 49재에 독경과 분향은 필요 없고, 카드에 써진 레시피의 요리를 준비해 모두 함께 즐겁게 먹었으면 좋겠다고 적어놨다.

"선생님은요."

이모토가 곤란한 얼굴로 레시피를 가리켰다.

"아마 장례식은 무리니까 가능하면 그다음 법회인가? 그때 밝고 즐거운 연회 같은 걸 크게 열었으면 좋겠다고, 그게 꿈이라면서 웃었어요."

"말 같잖은 소리."

"하지만 난 그걸 바깥양반에게 전하고 이것저것 돕는다고 오토미 선생님과 약속했거든요."

료헤이는 기가 막혀서 고개를 설레설레 저었다. 오토미는 왜 멋대로 이런 예의도 모르는 여자애를 집에 들이는 약속을 한 걸까.

"돌아가."

"하지만 돈도 벌써 받았어요. 선불이라면서."

"얼마?"

"하루 5천 엔으로 49일분, 그 밖에 잡비들을 모두 합쳐서 25만 엔이요."

적지 않은 금액이다.

왜 오토미는 그런 금액을 아무 의논도 하지 않고 저 애한테 준 건지, 이 역시 화가 났다.

"저기…." 말을 꺼내면서 이모토가 뒷걸음질했다.

"다시 내놓으라고 하지 말아요."

"오토미가 준 걸 돌려달라고는 않겠는데."

"그럼 일할게요. 몸이 부서져라 일할 테니까요. 우선 목욕물부터 받을게요."

"됐으니까 돌아가."

"하지만 바깥양반, 엄청 냄새나요. 좀 씻죠."

이모토는 말을 마치기가 무섭게 노랑머리를 흔들면서 욕실로 달려갔다.

료헤이는 막으려다가 한숨을 쉬었다. 하긴 몸을 움직일 때마다 시큼한 냄새가 배와 허리 언저리에서 올라왔다. 시험 삼아 양쪽 겨드랑이를 번갈아 맡아보고는 얼굴을 찌푸렸다.

이렇게 냄새가 심한데 지적당할 때까지 몰랐다니.

치매가 시작되고 있는 걸까.

팔다리에 힘을 주어 일어났다. 힘껏 바닥을 디디면서 욕실로 향했다. 이모토는 팔을 걷어붙인 채 스펀지로 욕조를 벅벅 닦고 있었다.

료헤이의 발소리에 이모토는 고개를 들더니 은색 아이라인을 그린 눈으로 웃었다.

"금방 준비할게요. 잠깐만 기다려요."

"됐어. 샤워만 할 거야."

"그래요." 답하며 이모토가 욕실 밖 탈의실로 나왔다.

"그럼 등 밀어줄게요."

"괜찮아."

"그건 괜찮은 맛이야, 할 때의 괜찮아죠? 나이스, 원더풀?"

말하자마자 이모토는 분홍색 셔츠를 벗고 속옷 한 장만

입은 모습으로 웃었다.

"아냐, 절대 아냐."

료헤이는 그만 목소리가 상기되었다. 다시 강조했다.

"노, 노, 노야."

"에이, 난 또."

탈의실에 웃음소리가 울렸다. 료헤이는 허둥지둥 구석으로 갔다. 그러고는 등을 돌린 채 호통쳤다.

"됐으니까 빨리 옷이나 입어."

"바깥양반이야말로 빨리 벗어요. 옷 빨아야 하니까."

"자꾸 바깥양반, 바깥양반 하지 마."

"그럼, 뭐라고 불러요? 달링? 달링 료헤이?"

"아버지…."

그때 갑자기 가녀린 목소리가 끼어들었다. 료헤이가 벗은 옷을 들고 돌아보았다.

"아버지, 대낮부터 뭐 하시는 거예요?"

속옷 차림인 이모토 너머에 딸 유리코가 창백한 얼굴로 서 있었다.

음식을 만들고 먹는 걸 좋아해서 통통했던 오토미는 료헤이와 결혼한 이듬해부터 한층 더 통통해졌다. 하지만 유리코는 똑같은 걸 먹어도 살이 찌지 않았다. 유리코는 살이 찌지 않는 체질이라며 오토미가 감탄했었다. 그건 어른이 된 지금도 변함이 없다.

2주 전, 오토미의 장례식 때에도 유리코는 여전히 가냘팠다. 서른여덟 살이 되었는데도 청초한 분위기를 유지하고 있었다. 피부는 백합처럼 하얗고 쓸쓸한 운치를 자아내는 가녀린 턱선은 두 살 때 병으로 죽은 생모 마리코의 모습 그대로였다. 료헤이 생각에 유리코는 아름다운 부류다.

그런데 이게 웬일인가.

료헤이는 겸연쩍은 기분으로 샤워를 마친 다음 거실로 갔다. 안을 살짝 들여다보니 거실 기둥에 기대어 앉은 유리코의 모습은 가냘픔을 넘어서 지나칠 정도로 야위어 있었다. 눈 아래로 다크서클이 진하게 내려와서 영양실조에 걸린 사람처럼 보였다. 무엇보다 이마 선을 따라 난 흰머리와 뒤로 묶은 긴 머리는 차마 눈 뜨고 못 볼 지경이었다. 머리 끝은 오래 사용한 붓 같았다.

노랑머리 이모토는 그 자리를 둘러싼 불편한 분위기를 떨쳐버리기 위해서인지, 온 방 안에 널브러진 낡은 신문과 옷가지, 쓰레기를 치우면서 열심히 떠들고 있었다. 아무래도 이 여자애는 잡지에서 본 도쿄 시부야의 소녀들을 흉내 내서 피부를 태우고 머리를 물들인 모양이었다.

"하지만 남자들 반응은 완전 꽝이에요. 아예 저게 사람이냐, 보는 느낌인 거 있죠. 하지만 작정하고 태워서 잘 하얘지지도 않고, 머리는 염색약인가? 그 알레르기 때문에 새로 물도 못 들여요. 이거 보세요, 그래서 지금은 완전 커스터드 푸딩이에요."

이모토가 머리를 숙이고 정수리를 가리켰다. 과연 머리 한가운데만 까매서 푸딩에 든 캐러멜 같았다.

"하지만 이 모습 덕에 많은 일이 있었고…. 그 덕에 리본 하우스에 들어가서 오토미 선생님을 만났어요."

"선생님이라면…."

유리코가 마지못한 듯 입을 열었다.

"옴마는 뭘 가르치셨는데?"

"이것저것. 리본 하우스 애들한테 요리, 말하는 법, 이건… 지금도 배우는 중이지만. 그리고 옷 개는 법, 세탁하고 물건 사는 법 등, 정말 생활하는 데 바로 완전 도움 되는 것들이에요. 솔직히 학교 공부보다 엄청 많이 도움 됐어요. 말 끝 올리지 말라는 말, 자주 들었는데 자꾸 올라가요. 자, 이제 거실에 앉을 자리 생겼어요."

이모토는 바닥에 떨어져 있던 걸 모두 주워 거실에서 가지고 나갔다. 그리고 노랑머리를 흔들면서 낮은 탁자를 방 가운데로 끌고 왔다. 다음에 방석, 방석, 중얼거리면서 안쪽 방의 불단 앞에 있는 방석을 거머쥐더니 창문을 열고 힘차게 먼지를 털었다.

"우선 여기 앉아요."

유리코는 괴로운 듯 몸을 일으켜서 거의 기어가다시피 탁자 쪽으로 움직였다. 료헤이는 무의식중에 거실로 들어가 유리코 얼굴을 봤다.

"유리코… 너, 어디 아픈 거 아니냐?"

유리코는 대답하지 않고, 이모토 쪽을 봤다. 이모토는 청소기를 들고 불단이 놓인 옆방으로 건너가고 있었다.

"저기, 얘…."

"이모토예요. 이모라고 부르면 돼요."

"그, 이모, 씨. 볼거리 걸린 적 있니?"

"몰라요." 이모토가 대답했다.

"나, 아무래도 볼거리 같아. 옮길지도 모르니까 돌아가는 게 좋을 거 같은데. 만약 임신했으면… 배 속 아기한테 영향은 없다지만… 그래도 안 걸리는 게 제일 좋으니까."

"임신?" 하고 이모토가 웃었다.

"그런 일, 절대 없어요."

유리코가 중얼거렸다.

"그래도 가줘."

"그래도… 청소 좀 한 다음에."

"제발 가."

"큰 소리 내지 마라, 유리코."

"아버지야말로 큰 소리 내지 마세요."

"소리치는 거 아니다."

료헤이는 그 목소리가 이미 호통인 걸 깨닫고 가볍게 도리질했다.

유리코가 두 손으로 얼굴을 감쌌다.

"도대체 넌 어디서 온 거니? 뭘 하는 거야? 그 리본 하우스라는 건 뭐고? 뭐 하는 가겐데? 아버지, 얘와 뭘 하시려던 거예요? 옴마가 돌아가시고 2주밖에 안 지났는데, 그런데, 집에 젊은 애를 불러들여서…."

"내가 뭘 어쨌다고."

"아버지도 그렇고, 저 애는 또 대체 뭐예요? 오래된 아내는, 죽은 아내는, 자식을 낳지 않은 아내는 아무 가치도 없는 쓰레기예요?"

"애, 왜 그러냐?"

유리코가 고개를 돌렸다.

"저기…."

이모토가 청소기를 내려놓으면서 조그맣게 말했다.

"쓰레기라면, 나한테 더 어울릴 거예요. 가출해서 이 집 저 집 옮겨 다녔고, 헬스°니, 소프랜드°°니…, 제대로 된 가게에서 일해본 적, 없거든요."

"리본 하우스라는 건…." 이모토는 거의 울상이 된 얼굴로 웃었다.

"알코올이나 그… 섹스나 여러 가지 의존증? 그런 문제를 지닌 여자애들이 다 같이 거기에서 빠져나오기 위해 서로 돕고 어쩌고 하는 시설로, 그…."

그 말에 유리코가 천천히 얼굴에서 두 손을 떼더니 "미안해"라고 중얼거렸다.

"미안해. 나, 지금, 엉뚱한 데에 화풀이했어. 생각 없이 말

● 유흥업소 종류의 하나.
●● 유흥업소 종류의 하나로 욕조가 있다.

한 거 같아. 하지만….”

“괜찮아요, 괜찮아.”

이모토는 조용히 미닫이문을 닫고 방에서 나갔다.

료헤이는 왠지 안쓰러운 딸의 모습이 갑자기 마음에 걸렸다. 그래서 유리코 맞은편에 자리를 잡고 앉았다.

“유리코, 너, 정말 대체 무슨 일이냐?”

유리코는 말없이 고개를 숙였다.

“히로유키는? 시어머니는 어쩌고?”

유리코의 남편, 히로유키는 도쿄에서 입시 학원을 몇 곳 경영했다. 그런데 올가을부터 유아 전문 학원을 새로 열 예정이라 바빠질 거라는 말을 들었다. 히로유키의 어머니는 뇌경색으로 쓰러져 재활 치료 중이었다. 그런데 요즘은 상태가 좋지 않은지 딸 유리코네 부부는 오토미의 장례식 때도 도쿄로 곧장 돌아갔다.

“너, 설마 시어머니를 내버려두고 온 거냐?”

“아버지….” 유리코 목소리가 조그맣게 들렸다.

“저, 이 집에 돌아와도 돼요?”

“돌아오고 말고 할 게 뭐 있냐. 여긴 네 집이잖아.”

“그게 아니라.”

유리코가 고개를 숙이자, 윤기 잃은 묶은 머리가 목덜미로 흘러내렸다.

"유리코, 똑바로 말해봐. 무슨 일이냐?"

"이혼해요. 이미 서류에 도장 찍어서 세타가야 집에 놓고 왔어요."

"왜?"

"그이한테 여자가 있어요."

상대는 유리코도 아는 학원 사무직 여직원으로, 18년 전에 히로유키가 처음 학원을 열었을 때 다녔던 원생이라고 했다.

"확실한 거냐?"

료헤이는 갑자기 허기가 지고 정신이 아득해졌다. 목욕하면 배고파진다던데 샤워도 같은 효과가 있는 걸까.

"어머님이⋯." 유리코가 조그맣게 숨을 내쉬었다.

"어머님이 2주 전에 볼거리에 걸리셨어요. 복지 시설에 가셨다가 옮으셨나 봐요. 저도, 그 뒤로 왠지 좀 컨디션이 안 좋아서⋯ 볼거리는 한 번 걸렸던 거 같은데, 간혹 두 번 걸리는 사람도 있나 봐요. 그래서 그이한테 가능하면 일찍 퇴근해서 도와달라고 부탁했어요. 그랬더니 그이가 안 들어오게 되고."

"왜?"

"소리 지르지 마세요. 화내지도 마시고요."

"너한테 화내는 게 아니야."

료헤이는 말투가 거칠어진 사실을 깨닫고 진정했다.

딸에게 소리쳐봤자 아무 소용 없다.

"유리코, 그 정도야 그저 착각인지도 모르잖냐. 바빠서 집에 못 들어올 때도 있을 테고. 그런 걸 금세 바람피운다고 단정 짓기에는…."

"아버지… 제 말을 안 믿으시는 거예요?"

"그런 말 한 적 없다. 하지만 증거가 있는 게 아니잖냐?"

"사다 놓은… 피임 기구."

"뭐?"료헤이는 목소리를 높이며 유리코를 봤다.

딸은 사다 놓은 콘돔 개수가 한꺼번에 줄었다고 담담하게 말했다.

"우리는 이제 관계는 안 하고 있었고, 한다고 해도 안 썼으니까. 몇 년 전부터 봉지도 안 뜯고, 그이 옷장 서랍 안쪽에 뒀어요. 손도 안 댄 세 상자가 그대로 남아 있었다고요. 그걸 6월에 옷을 바꿔놓을 때 봤더니 한 상자하고 4분의 3으로 줄어 있었어요."

"그, 그렇구나."

"어쨌냐고 물었더니 같은 직장 다니는 젊은 친구에게 줬다고 하더라고요. 하지만 보통 그런 건 남에게 안 주죠. 설령 준다고 해도 상자를 통째로 주겠죠. 상자에 어중간하게 남은 건 이상해요. 그때는 그런가 보다 하고 이해했는데 뭔가 좀 이상하다는 생각이 들어서 그이가 목욕할 때 소지품을 살펴봤어요. 그랬더니 있었어요. 서류 가방 바닥에요. 빈 담뱃갑 안에 몇 개가 고이 들어 있었어요."

유리코가 낮게 웃었다.

"정말 싫어요. 그런 짓을 한 저도 싫어요. 근데 왜 들킬 짓을 하는지. 새 걸 사면 되잖아요. 하지만 더 싫은 건."

유리코는 작게 숨을 들이켜고 빠르게 말했다.

"상대가 임신했다는 거예요."

료헤이는 혀를 차고 싶은 심정으로 팔짱을 꼈다. 딸네 부부가 오랫동안 해온 불임 치료를 작년에 그만두었다는 말을 오토미가 했었다.

"그 여자가 저한테 전화해서 그러는 거예요. 히로유키는 사람이 착해서 말도 못 하고 고민했다, 자기네가 얼마나 큰 죄를 지었는지 알기에 무서워 떨면서 이중생활을 해왔다고요. 하지만 아기가 생겼대요. 배 속 아기는 아무 잘못이 없으니까 더 이상 전염병 환자가 있는 집에 돌아오라는 말 하지 말래요. 그이 나이로 볼 때 아이를 갖는 건 마지막 기회라서 꼭 낳아주고 싶다고."

'낳아주고 싶다'는 부분을 강조하고 유리코는 조그맣게
숨을 내쉬었다.

"낡은 피임 기구를 쓰니까 그런 거잖아요. 하지만 어쩌면
그이, 처음부터 내심 그렇게 되기를 바랐는지도 몰라요."

"그렇구나."

"그 여자 말로는 그이가 태어날 아기와 새로운 가정을 이
루고 싶지만 제가 불쌍해서 계속 이혼 얘기를 못 꺼내고 있
는 거래요. 그런 말까지 들었는데… 어떻게 있어요. 아이한
테는 아빠가 필요하잖아요."

료헤이는 아무 말도 못 하고, 탁자 위로 시선을 떨구었다.

유리코는 시어머니 상태가 안정된 걸 보고 사정을 이야
기했고, 당분간 돌봐줄 사람을 찾은 다음에 집을 나왔다고
했다.

"저까지 그 집에서 볼거리로 앓아누우면 그이는 집에 더
안 돌아올 테고…."

그러다가 가볍게 도리질하더니 "아니, 그건 그저 변명이
죠" 하고 중얼거리는 소리가 들렸다.

"그저 변명."

"음… 그러니까…."

료헤이는 가볍게 헛기침했다.

"히로유키는 뭐라더냐?"

유리코는 아무 말도 하지 않았다.

"그럼… 그러니까… 시어머니는 오늘 집을 나올 때 뭐라하시더냐?"

"우셨어요. 몇 번이나 제 손을 어루만지면서 사과하셨어요. 사과하실 거 없다고, 저는 괜찮다고 말씀드렸어요. 그랬더니 어머님이, 더 우셨어요. 정말 울고 싶은 사람은 전데."

"하긴."

"어머님 눈물은 진심이셨고, 한동안 마음이 몹시 불편하시겠죠. 하지만 분명 아기가 태어나면 모두 괜찮아질 거예요. 다 그런 거죠."

"아버지." 유리코의 목소리가 희미하게 들렸다.

"저, 지쳤어요… 너무 쓸쓸해요. 아이를 낳든, 안 낳든, 사람의 가치는 똑같아요. 그만큼 남편과 주변 사람들을 소중하게 여겨야겠다며 다짐하고 살았어요. 그런데 막상 이렇게 되니 제 인생이 아무것도 한 게 없고 무력하고 여자로서살아갈 가치가 없다는 생각이 들어서 견딜 수 없어요."

"그렇지 않아. 절대 그렇지 않아, 그렇지?"

오토미를 부르려다가 료헤이는 불단에 놓인 사진을 보

았다.

유리코도 이끌리듯 사진을 보며 "옴마가 보고 싶어" 하고 중얼거렸다.

"일이 없을 때는 연락도 잘 안 했으면서 지금은 옴마 목소리가 너무 듣고 싶어요. 너무 멋대로야, 다 큰 어른이."

거실 미닫이문이 살짝 열렸다.

료헤이가 닫으라고 말하려는데 고소한 깨 냄새가 풍겼다. 배가 꼬르륵거렸다.

"저기…."

이모토가 문틈으로 쟁반을 쓱 내밀었다.

사발이 두 개 놓여 있었다.

시오 라멘˙인지 투명한 국물에는 흰 참깨와 마당에서 뽑아온 듯한 파가 잘게 다져져 듬뿍 올려져 있었다.

"유리코, 점심이라도 먹을까?"

료헤이가 들어오라는 눈짓을 하자, 이모토는 조심조심 들어와서 탁자 위에 가만히 라멘을 내려놓고 나갔다.

"일단 배를 채우자, 유리코. 얘기는 그다음에 하고."

그 말에 코 주변이 빨갛게 된 유리코가 젓가락을 들었다.

˙ 소금으로 간을 낸 일본 라면.

다시 문이 열리고 이모토가 들어왔다. 이번에는 버터 통을 들고 있다. 그리고 뚜껑을 열더니 말없이 유리코에게 내밀었다.

"정말 몸에 안 좋은 방법인데."

유리코는 중얼거리며 버터를 크게 한 숟가락 퍼서 사발 안에 떨어뜨려 국물을 마셨다.

"맛있어" 하는 소리가 들렸다.

"맛있어. 옴마의 맛이야."

유리코가 눈물을 주르르 흘렸다.

"옴마는 몸에 안 좋아도 이것만은 그만두지 못하겠다고 항상 말씀하셨어요. 버터가 국물에 녹을 때 나는 그 냄새가 정말 좋다고."

유리코가 고개를 숙이자, 국물에 눈물이 뚝뚝 떨어졌다.

"아버지, 저, 사랑이라는 걸 잘 모르겠어요."

"사랑?"

"그이, 우는 거예요. 저를 사랑한대요. 하지만 저랑 그쪽 중에서 한 사람만 정할 수 없대요. 상처 줘서 미안하대요."

"그러게 바람은 왜 피워서."

이모토가 버터 통 뚜껑을 덮으면서 말했다. 료헤이는 맞는 말이라고 생각하면서 면을 후루룩 먹었다.

"그이가 울면서 계속 둘 다 헤어질 수 없대요. 누구 하나만 잘라낼 수 없대요."

"그럼 거시기를 자르든지!"

"뭣," 하고 유리코가 목소리를 높이더니 옆에서 외친 이모토를 말끄러미 쳐다보았다. 료헤이도 정신을 차리고 유리코 옆에 앉은 이모토를 보았다.

"죄송해요."

이모토가 코를 훔치면서 멋쩍게 머리를 숙였다.

"저, 2층 방 청소기 돌리고 올게요. 그리고 어디 있는지 알려주면 유릿치 언니 이불 펴둘게요."

멋대로 하지 말라는 듯 유리코가 미간을 찌푸렸다. 그래도 직접 하기는 힘이 드는지 이모토에게 이불이 어디 있는지 가르쳐주었다.

"옙 써!" 이모토는 기묘하게 대답하고, 다시 머리를 숙이더니 가벼운 발걸음으로 방에서 나갔다.

"저 애… 대체… 누구예요?"

"오토미 제자인데 49재 대연회 때까지 도와주러 온 모양이다. 신경 쓰지 마라. 그런 연회 같은 건 없으니까."

"49재 대연회요?"

무슨 말인지 잘 모르겠다면서 유리코는 라멘을 먹었다.

"그보다 너는 왜 그동안 아무 말 안 했던게냐? 오늘도 갑자기 돌아오고."

"입이 안 떨어졌어요."

유리코가 고개를 숙이자, 가녀린 목소리가 더욱 가늘어졌다.

"도저히 입이 안 떨어졌어요. 아버지에게 걱정 끼치고 싶지 않아서…."

"그런 건 똑바로 말해라."

"하지만 말해도…."

유리코가 거칠게 고개를 들었다.

"말해도, 뭘 물어도 아버지 대답은 항상 한결같잖아요. 나는 모른다. 너 좋을 대로 해라. 그게 다잖아요. 한 번도 같이 생각해 주신 적 없으시잖아요."

"모르는 걸 모른다고 솔직하게 말한 것뿐이다. 게다가 내가 말한다고 해서 듣지도 않잖냐."

"하지만 참고삼아 의견을 듣고 싶을 때도… 있었어요."

"이제 그만하고 한숨 자라. 열 있는 거 아니냐."

료헤이는 말투가 거칠어지는 일이 좀처럼 없는 유리코가 격해지는 모습에 조금 흠칫했다. 열이 높은지 료헤이를 쳐다보는 유리코의 뺨은 붉고 흰자위가 유난히 더 맑아 보인다.

전화벨이 울렸고, 유리코가 전화기를 쳐다보았다. 료헤이는 구원받은 기분으로 전화기의 작은 액정을 들여다봤다. 발신 번호 표시 덕에 누나 다마코의 전화라는 걸 알았다.

"도쿄 전화예요?"

"다마코 고모."

"2층에서 좀 쉴게요."

유리코가 일어났다. 료헤이는 안도하면서 수화기를 들었다. 신랄하게 말하는 다마코 누나와 이야기하는 건 내키지 않지만, 그래도 지금 유리코와 마주하는 일보다는 훨씬 나았다.

쓰디쓴 차 때문인지, 슬퍼서 우는지 구분이 안 됐다.
우는 건지, 기침하는 건지도 모르겠다.
괴로움도 지나가면 웃음에 가까워지는지
유리코는 울고 웃으며 이모토 얼굴을 봤다.
"정말 써, 쓰지?"

2장

유리코는 견디기 힘들 정도로 심한 한기에 눈을 떴다. 낮은 천장이 눈에 들어왔다. 한순간 '여기가 어디지?' 생각했다가 친정에 돌아왔다는 걸 깨달았다. 머리맡에 놓아둔 휴대 전화로 시간을 확인했다.

　아버지와 얘기를 나누고서 거의 4시간을 내리 잤다.

　다시 눈을 감고 이불속에 들어가자, 남편 히로유키의 목소리가 되살아났다.

　"한 사람만 정할 수 없다, 누구 하나만 잘라낼 수 없다."

　유리코는 히로유키가 작은 목소리로 음미하듯 한 그 말은 아내냐, 불륜 상대냐가 아니라, 태어날 아이와 아내인 자신 중에서 한 사람을 택하지 못하겠다고 망설였던 의미라 여기고 싶었다.

유리코는 몸을 뒤척이면서 눈을 꼭 감았다.

그렇다면 포기하자. 태어날 그 애한테 아빠를 주자. 분명히 히로유키의 아이라면 귀엽고 영리한 아이일 테지. 남자애든, 여자애든, 틀림없이 귀여운 아기가 태어날 것이다.

결과적으로 그 사사하라 아유미라는 젊은 애인에게 모두 줘버리는 일이 된다고 할지라도.

아유미는 임신 중이라 흥분 상태인지, 아니면 본래 성격인 건지, 자기 마음에 안 드는 일이 있으면 자해나 자살을 암시하는 행동을 취하는 듯했다. 그게 단순한 위협이 아니라는 건 남편의 대응을 보면 자연스레 알 수 있다.

울고 싶은데 눈물은 나지 않았다. 대신에 몸이 떨리고 이가 탁탁 부딪쳤다. 추워서 몸을 움츠리는데 머리맡에서 휴대 전화 벨 소리가 울렸다. 반사적으로 팔을 뻗어 전화를 받았다. 남편 히로유키의 여동생이었다.

시누는 인사도 하는 둥 마는 둥 하더니 짜증 난 목소리로 도쿄에 언제 돌아오는지 물었다. 오빠와 문제가 있던 건 알지만 도쿄 집을 한동안 비우는 건 무책임하단다.

"오빠 말이 올케언니가 친정에 계속 있을 거라고 해서요.

걱정돼서 오늘 엄마가 계신 집에 들렀어요. 그랬더니 도우미인가? 요양 보호사인가? 하는 사람이 있던데요. 어쩐지 마음에 안 들어요."

유리코는 오빠와 이혼을 고려 중이라고 했다. 시누는 순간 가만있더니 금방 입을 열었다.

"하지만 그 도우미는 정말 좀 그래요. 엄마와도 잘 안 맞는 것 같고. 역시 엄마는 올케언니여야 될 거 같아요."

그래서 어쩌라는 걸까.

자기 친엄마면서 왜 남의 일처럼 말하는 걸까.

그렇지만 아무 말도 못 한다. 말해봤자 시누는 아이 때문에 엄마까지 돌봐드리는 건 도저히 무리라고 할 뿐이다.

돌이켜 생각해 보니 시어머니와 살림을 합칠 때도 마찬가지였다.

8년 전에 히로유키의 누나네 부부가 집을 지었을 때 시어머니는 그 비용을 일부 부담하고 딸네와 내내 같이 지냈다. 그런데 사위와 잘 맞지 않았다. 3년 전에 뇌경색으로 쓰러진 다음에는 딸과도 사이가 나빠졌다. 그래서 2년 전에 자신들의 집으로 왔다.

"히로유키는 장남이고 너희는 식구가 둘뿐이라서 여유가 있잖아."

누나는 말했다.

"우리는 하루하루 빠듯해. 히로유키네는 교육비가 안 들어서 좋겠어."

교육비는 들지 않지만, 자신들은 노후가 불투명하다. 자식이나 손주에게 의지하지도 못한다. 게다가 불임 치료 비용이 만만치 않다.

하지만 아무 말도 못 했다.

툭하면 "자식이야 자연스럽게 생기는 거 아닌가" 하고 히로유키에게 말하던 누나에게만은 도저히….

유리코는 이불에서 천천히 기어 나와 주변을 둘러보았다. 방에는 석양이 비추기 시작했다.

그 빛에 이끌리듯 창문을 열었다. 눈앞에는 저녁 해를 받아서 주홍색으로 물든 강이 흐르고 있었다.

현관을 기준으로 길 건너 있는 그 강은 바다가 가까워서 그런지 물살이 느렸다. 강가에는 곳곳에 참억새가 자라고 있다. 10년 전 대규모 호안 공사[*]를 해서 둑은 콘크리트로 굳혔지만, 물이 흐르는 모습은 변함없이 아름다웠다.

휴대 전화가 또 울렸다. 강을 바라보면서 전화를 받았다.

---

* 강과 바다 기슭이나 둑이 깎이거나 패지 않도록 하는 시설 공사.

이번에는 히로유키의 누나였다. 유리코가 집을 나가서 발생하는 시어머니의 24시간 요양 및 가사 대행 서비스 비용을 삼 남매가 분담하는 건 이해가 안 된다는 것이었다.

"도우미는 엄마만 돌보는 게 아니라 집안 살림도 조금은 하지? 이상하잖아, 그 비용까지 우리가 부담하는 건. 올케네 사정으로 그런 서비스를 이용하는 거니까 너희가 부담해야지. 우리도 작은애가 내년에 입시라 그럴 여유가 없어."

유리코는 듣다 보니 불쾌해져 전화를 끊었다. 그대로 휴대 전화를 창밖으로 보이는 강을 향해 있는 힘껏 내던졌다.

아이의 미래에는 돈을 낼 수 있지만, 미래가 없는 노인에게는 돈을 내지 못한다.

그런 건가.

아니면 장남의 아내는 요양 보호사라는 걸까.

유리코는 아래층에서 울리는 전화벨 소리에 정신을 차렸다. 그 순간 자신이 한 짓에 놀라서 일어났다.

허둥지둥 카디건을 입고 계단을 내려갔다. 분명 망가졌겠지만 기기 안에는 친구들 전화번호와 메일 주소가 들어 있다. 그대로 내버려두면 안 된다.

거실을 들여다보자, 아버지가 뒤돌아서 전화하고 있었다. 불단이 놓인 방에서는 청소기 돌리는 소리가 들렸다. 이모토라는 노랑머리 여자애도 아직 있는 모양이다.

샌들을 대충 신고 집 앞 차도를 건너서 콘크리트 계단을 따라 강가로 내려갔다.

아직 어린 참억새 열매가 바람에 나부꼈다.

이전에 히로유키와 함께 본 하코네의 풍경과 비슷해서 걸음을 멈췄다.

히로유키는 부부 둘이서만 사는 생활도 괜찮다고 말했다. 그런데도 자신이 고집부리며 계속 불임 치료를 받았다.

유리코는 좀처럼 성공하지 못하자 애가 타서 마지막 3년은 도서관 사서 일도 그만두고 불임 치료에 집중하며 생활했다.

그리고 어느 날 부부 사이가 식은 걸 깨달았다.

천천히 걸음을 옮기면서 참억새를 바라보았다. 흔들리는 열매 사이에서 물 위로 반사한 붉은빛이 반짝였다.

하루하루를 더 소중히 여길 걸 그랬다.

하지만 다른 생각은 전혀 못 했다.

아이만 생기면 모든 게 메워진다고 생각했으니까.

돌멩이 때문에 제대로 걷기 어려워 주저앉았다. 주저앉은 김에 주변을 둘러보았다. 분명 휴대 전화는 이 근방에 떨어졌을 것이다. 은회색의 기기는 주변에 완전히 동화되어 눈에 띄지 않는다.

열 탓인지 온몸의 관절 마디마디에 통증이 일었다.

옴마는 이 강변을 산책하는 걸 좋아해서 자주 이야기했었다. 강은 만물의 경계라고. 저세상과 이 세상, 이상과 현실, 과거와 미래, 광기와 완전한 정신, 상반되는 만물의 경계로 강은 모든 걸 물에 흘려보내며 나아간다고.

옴마 목소리가 마음에서 서서히 되살아났다. 아마 이런 말도 했다.

"망설여질 때는 강에 가보면 좋아. 답을 찾게 될 테니."

답은, 어디에 있을까.

애당초 무슨 대답을 찾는 걸까.

'찾는 건…'이라고 생각했을 때 휴대 전화 벨 소리가 들렸다. 무릎 꿇고 주변을 둘러봤다. 3미터 정도 떨어진 곳에서 무언가 반짝거렸다.

"용케 고장도 안 나고."

유리코는 중얼거리면서 전화기를 향해 기어갔다. 일어서기 귀찮아서 그대로 기어가려다가 멈췄다.

남편일까.

받고 싶지 않다.

하지만….

전화벨 소리가 계속 울렸다. 비틀거리면서 일어났고, 뛰었다. 그런데 벨 소리는 끊겼다.

어스름한 가운데 전화기가 어디에 있는지 다시 알 수 없게 됐다. 웅크리고 앉아서 강가를 더듬거리며 물을 향해 나아갔다.

그때 뒤에서 여자 비명이 들렸다.

"유리코!"

이어서 아버지가 "유리코" 하고 부르는 고함이 들렸다.

"유리코, 안 돼!"

"뭐, 뭐가요?"

소리가 난 쪽을 돌아보았다. 아버지와 이모토가 구르듯 계단을 내려오는 모습이 보였다. 나이 든 여자가 강을 따라 설치된 가드레일을 붙잡고 소리쳤다.

"유리코, 안 돼. 경솔하게 그런 행동을 하면 안 된다. 유리코, 유리코."

이모토가 맹렬한 기세로 달려와 뒤에서 끌어안았다.

"안 돼요, 유릿치 언니. 안 돼요, 안 돼. 절대 안 돼요."

"안 돼? 안 되다니, 뭐가?"

유리코가 어리둥절한 가운데, 아버지는 온 강가가 모두 울리게 쩌렁쩌렁한 목소리로 호통을 쳤다.

"거기서 뭐 하는 거냐, 유리코."

"그게, 휴대 전화, 휴대 전화가."

"휴대 전화가 왜?"

"휴대 전화가."

다시 전화벨이 울렸다.

"저기 제 휴대 전화 좀 집어줘요."

"왜 네 전화기가 강가에 있는 거냐. 정신 차려, 유리코."

"알았으니까 일단 전화 좀 받아줘요."

그렇게 소리쳤는데, 벨 소리가 다시 끊겼다.

"이거요?"

이모토가 허리를 굽혀 돌 사이에서 작은 물체를 집어 들었다.

"누구한테 온 거야?"

"발신 번호 표시 제한이요."

그 대답에 유리코는 생각보다 한숨이 길게 나왔다.

"너, 지금 그게 무슨 뜻이냐."

호안에 반사해서 아버지의 고함이 메아리쳤다.

"그런 소리 해놓고 너, 혹시 히로유키 전화를 기다리냐?"

"기다리는 건… 아닌데."

"일단 돌아가요."

노랑머리 여자애가 휴대 전화를 분홍색 셔츠 주머니에
넣으면서 말했다.

"손님도 있고."

그 말에 유리코는 가드레일을 올려다보았다. 또 한숨이
흘러나왔다. 거기에는 아버지와 자신이 친척 중에서 가장
대하기 어려워하는 다마코 고모가 서 있었다.

"정말이지, 이 집 사람들은 하나같이 뭘 하는 건지."

다마코 고모는 옴마 사진에 합장한 다음 돌아보더니 팔
짱을 끼며 말했다.

"료헤이와 전화하는데 말투가 이상해서 와봤더니, 집은
완전 돼지우리에다가 딸내미는 자살 소동이니, 원."

"자살이라니…."

"휴대 전화를 2층에서 던져버린다는 점만 봐도 이미 넌
이상해, 정상이 아니야."

"무슨 사정인지는 아까 네 아버지한테 들었다만" 하고 고
모가 중얼거리며 고개를 설레설레 흔들었다.

"남편이 바람피웠다고?"

그 말투에 짜증 나서 유리코는 입술을 깨물었다.

　아버지와 고모들은 전쟁통에 도쿄에서 피난 온 뒤 이 지방에 정착했는데, 다마코 고모는 의견을 말할 때 사투리를 쓰지 않았다. 도쿄 성향이라고 할지 시원시원하고, 거기에 간사이 성향의 거리낌 없는 태도가 더해져서 말로는 이길 사람이 없었다. 더구나 막내인 아버지는 이 고모의 도움으로 학교도 다녀서 예전부터 세게 말하지 못했다.

　그리고 고모는 일단 흥미가 생겨 궁금해지면 상대가 누구든 간에 집요하게 질문을 퍼붓고, 거기서 얻은 답을 퍼즐처럼 맞춰서 모든 걸 파악했다.

　'그렇긴 해도' 하고 생각하면서 유리코는 살며시 두 팔로 자신을 감쌌다.

　그 성격 덕에 분명히 고모는 수화기 너머로 이 집의 낌새를 눈치채고 보러 와준 것이다.

　생각해 보면 유리코가 집에 돌아왔을 때 집 안은 온통 난장판이었다. 바닥에는 손도 안 댄 반찬들이 상해서 뒹굴고 있었고, 신문은 읽지 않은 채 어질러져 있었다.

　아버지는 한동안 머리를 안 감았는지 얼마 없는 머리가 철썩 달라붙고, 몸은 몹시 야위어 있었다.

　자신뿐 아니라 아버지도 만만찮은 상황에….

"잠깐."

고모 목소리가 들렸다.

"유리코. 잠깐 이리 와서 앉아봐라. 팔짱 같은 거 끼고 있지 말고."

"누님."

아버지가 쉽게 입이 안 떨어지는 듯 말을 걸었다.

"유리코는 몸이 좀 좋질 않아서 오늘은 가만두면 좋겠는데요."

"이런 건 지금 말해둬야 하는 거다. 그런 소동을 일으킨 다음이니까."

"누님."

"남자는 이해 못 하는 얘기다."

"그건 그렇다 치고."

고모가 크게 숨을 내뱉었다.

"유리코, 겨우 바람 정도로 이혼이니, 뭐니 하면서 집으로 돌아오다니. 그러니까 아이 하나쯤 낳아두면 좋았잖아. 이러니저러니 하지 말고 젊을 때 말이야. 젊을 때는 놀고 싶고 일하고 싶다고 생각했겠지만. 자식은 부부 사이를 이어준다잖아."

"누님."

"유리코, 어설프게 똑똑해서 이렇게 되는 거다. 우리 아케미를 봐라. 너처럼 대학에는 안 갔지만 올해 막내가 중학생이야. 너도 낳았으면, 그 정도 애가 있어도 이상할 게 없잖아."

"없는 자식 나이를 세어봤자."

"그래, 그거야. 그 태도, 그게 안 좋아."

"저기, 차, 어떡할까요?"

거실 미닫이문을 불쑥 열며 노랑머리 이모토가 얼굴을 내밀었다.

"녹차, 홍차, 보리차, 우롱차, 삼백초차, 자주쓴풀차, 어느 게 좋아요?"

"아무거나. 어른이 말하는데 끼어드는 거 아니다."

그러면서 고모가 인상을 찌푸렸다.

"그런데 쟤, 뭐니?"

"옴마가 이것저것 보살펴준 애예요."

"아아, 그 자원봉사 말이지."

고모가 조그맣게 웃었다.

"네 엄마도 호기심이 많아서 이런저런 문제아들을 돌봤는데 거기서 알게 된 거구나. 훌륭한 일이지. 하지만 유리코, 네가 어떤 의미에서 가장 문제아였어. 네 엄마를 전혀 따르지 않았으니. 그렇지, 료헤이?"

아버지가 고개를 휙 돌렸다.

"그렇지 않아요."

"유리코, 잘 들어라. 너는 자식이 없어서 사람의 정이라는 걸 잘 몰라. 자식은 부모를 성장시켜. 너는 젊은 채로 성장이 멈췄어. 그래서 남편의 바람 정도로 야단 부리는 거야."

"누님도⋯."

아버지가 크게 헛기침했다.

"예전에 울고불고 난리 치셨잖습니까."

"입 다물어." 고모가 아버지를 크게 꾸짖었다.

"그만하면 됐으니까 어서 집으로 돌아가 네 시어머니나 돌봐드려. 네가 그 집에 남는 방법은 그것밖에 없으니까."

"남다니⋯."

"그러면 이혼해서 돌아오겠다고? 이 집에? 어떻게 살려고? 마흔이 다 된 여자가 일할 데는 어디에도 없어. 네가 슈퍼에서 캐셔 일을 할 수 있겠어?"

아버지가 말을 끊으려 계속 헛기침했다. 고모는 무시하고 말을 이었다.

"결국 세상 사람들의 이런 견해와 사고방식을 정확하게 말해주는 사람은 이 집안에 나밖에 없단다. 유리코, 잘 들어. 네 나이대의 여자들은 모두 자식들 돌보느라 바빠서 남편 일에 마음 쓸 겨를도 없어. 바람이니, 뭐니 하면서 죽네, 사네, 헤어지느니, 마느니, 그러지 않아. 내 자식을 한 부모 가정에서 키울 수는 없으니까. 그게 어른들 책임이다."

유리코는 그렇다면 역시 자신의 선택이 옳다는 생각에 고개를 숙였다. "잘 들어" 하고 고모 목소리가 더 커졌다.

"나이만 먹었지, 너는 아직 애야. 옛날 같으면 너는 이혼 당해 마땅해. 그걸 잘 분별해서 겸허하게 살지 않으면 큰코 다치는 법이다. 듣기 싫겠지만 잘 새겨들어. 좋은 약은 입에 쓴 법이다."

"이봐."

그 소리에 유리코가 고개를 들자, 고모가 놀란 얼굴로 아버지를 보고 있었다.

문 쪽을 향해 아버지가 목소리를 높였다.

"이봐, 마지막 것."

"네?" 하고 이모토의 목소리가 들렸다.

"아아, 차요? 네네, 마지막 걸로 할게요."

"미지근하게 해서."

"대답도 잘하네." 고모는 코를 찡긋하며 웃었다.

"아무튼 유리코, 알아들었으면 도쿄로 돌아가."

"저, 하지만… 볼거리… 걸린 거 같아서요."

"볼거리? 착각이야. 얼굴도 안 붓고 단순 감기잖아. 그 정도는 도쿄에서 고치려무나. 명심해라. 집은 여자의 요새, 여자의 성이야. 본처가 성을 내주면 어쩌려고 그러니? 더 단단히 경계해야지."

"하지만…." 유리코는 머뭇거렸다. 아무래도 고모는 남편 애인에게 아이가 생긴 걸 모르는 모양이다.

"상대가… 아이를."

"뭐라고?"

고모가 되물었을 때 이모토가 쟁반을 들고 들어왔다.

"누님, 차라도 드세요."

아버지가 고모 앞에 차를 내밀었다.

"됐어, 그런 거 신경 안 써도 된다."

그러면서도 고모는 찻잔 뚜껑을 열고 단숨에 마셨다. 하지만 그 순간, 모두 뱉어냈다.

"뭐야, 이 차, 상했잖아."

유리코가 허둥지둥 티슈를 상자째 고모에게 건넸다. 고모는 엄청나게 많은 티슈로 입을 누르면서 신음을 냈다.

"써, 엄청, 써. 물, 물 좀 줘. 이게 뭐야."

"자주쓴풀차예요." 아버지가 대답했다.

"자주쓴풀차가 뭐니, 료헤이? 입이 얼얼해."

"위에 좋아요."

"음, 그러니까."

이모토가 걸레와 물을 가지고 오면서 말했다.

"상자를 보면, 위나 내장에 기막히게 좋다고 쓰여 있네요."

"왜 이런 걸 날 먹이는데?"

"료헤이 아저씨의 요청이요."

"좋은 약은 입에 쓴 법이죠."

"됐으니까 빨리 물이나 줘."

고모는 낚아채듯 이모토에게서 컵을 뺏더니 단숨에 물을 들이켰다.

"못 드시겠으면 다음에 다시 얘기하죠, 누님."

"뭐야, 통화하면서 네가 이상한 것 같아서 보러 왔더니, 대접이 왜 이래. 료헤이, 돌아가 주길 원하면 솔직히 돌아가라고 말하면 되잖아."

"돌아가세요."

"그래, 간다, 가. 올케는 이럴 때 정말 기분 좋게 돌아가게 했는데, 내 동생이지만 무뚝뚝한 너 때문에 눈물이 다 난다. 정말로 올케는 용케 참고 살았어. 유리코도 예전에는 예뻤는데 지금은 료헤이 얼굴을 그대로 빼다 박았고."

"선물로 이 차, 어때요?"

"필요 없어. 이 집 대체 왜 이런다니."

고모는 배웅하지 않아도 된다고 소리 지르면서 현관문을 쾅 닫았다. 순간 온 집 안이 조용해졌다. 유리코는 무릎 위에 있던 양손을 꽉 쥐었다.

고모 말은 옛날에 친척 여자들이 했던 이야기와 비슷했다. 그 여자들은 옴마의 밝은 말투와 행동, 용모를 젊어 보인다며 칭찬하면서 옴마가 자리를 뜨자 쓴웃음을 지었다.

"자식을 낳지 않은 사람은 언제까지나 애 같다니까."

"애만 안 낳았으면 우리도 더 예뻤을 거야."

그다음에 친척 여자들은 저마다 "유리코, 힘내"라며 제각각 말하고 유리코 머리를 쓰다듬었다.

도대체 뭘 힘내라는 건지 지금도 잘 모르겠다. 다만 이따금 나누던 새엄마에 대한 말은 웬일인지 오랫동안 남아서 수십 년이 지난 지금, 모두 마음에 비수가 되어 꽂힌다.

아무도 악의는 없었다. 자신도 부모가 되었다면 비슷한 걸 느꼈을 수 있다.

고모가 한 말은 분명 세상 사람들 모두가 하는 생각이다.

유리코는 갑자기 목이 말라서 가만히 눈앞에 놓인 검정 차를 마셨다.

순간 모두 도로 뱉었다.

"뭐야, 이거. 써. 써도 너무 써. 혀가, 얼얼해."

소매로 입가를 눌렀더니 갑자기 눈물이 솟구쳤다. 오열이 터져 나왔다. 당황하여 티슈를 몽땅 쥐고 얼굴을 누르자 눈물이 더 쏟아졌다.

쓰디쓴 차 때문인지, 슬퍼서 우는지 자신도 구분이 안 됐다. 멋쩍어서 다시 차를 들이켰다.

"으아, 정말⋯ 이거 뭐야."

"어디 어디."

이모토가 찻잔을 집어서 기세 좋게 마셨다. 그 순간 도로 내뿜었고, 역시 티슈로 얼굴을 눌렀다.

"해도 너무한데. 이게 정말 차야? 진짜 눈물 난다."

이모토는 콜록거리면서 털썩 주저앉았다.

우는 건지, 기침하는 건지 모르겠다. 괴로움도 지나가면 웃음에 가까워지는지 유리코는 울고 웃으며 이모토 얼굴을 봤다.

"정말 써. 쓰지?"

"완전 써요."

이모토가 인상을 쓰며 불현듯 고개를 들었다.

거기에 이끌려 유리코도 고개를 들었다. 아버지가 어이

없는 얼굴로 이쪽을 쳐다보고 있었다.

아버지가 티슈를 몇 장 쥐고 찻잔을 들었다.

"아버지, 드시게요?"

"마시게요?"

아버지는 묵묵히 티슈를 차에 적셨다. 그리고 머리에 문질렀다.

"저기… 그거 발모제예요?"

"위에도 좋아."

"진짜 머리가 나요?"

"몰라. 하지만 오토미는 매일 하라고 했어."

아버지는 뒤돌아서 티슈를 머리 위에 얹고, 손바닥으로 머리를 톡톡 두드리기 시작했다. 유리코는 왠지 우스꽝스러운 손놀림을 보며 고개를 숙였다.

어릴 때 자신이 울고 있으면 아버지는 항상 말없이 달래주었다. 얼굴은 진지한데 콧구멍만 미세하게 움직이기도 하고, 담배 연기를 도넛 모양으로 뿜어내기도 했다. 언제나 잠깐 보여주는 묘기였고, 그걸 보고 웃으면 아버지는 금방 그만뒀다.

이제는 어릴 때처럼 웃지 못하고, 오열과 비슷한 소리가 새어 나왔다. 그걸 억누르고 앉음새를 바로잡았다.

울면 안 된다. 울면 아버지가 곤란해진다.

"조금… 기운이… 났어요."

"제법이네요, 료헤이 아저씨."

아버지는 손을 멈추더니 자리에서 일어나 옴마가 작업실이라고 부르던 방으로 향했다.

유리코는 그 모습을 올려다보고 시선을 떨구었다.

커다란 등 너머로 왠지 아버지가 울고 있는 느낌이었다.

그동안 몰랐는데 세상은 참 다양한 색으로 넘쳐나고 있었다.

이것이 오토미가 보던 풍경, 오토미가 사랑한 장소일까.

진작 함께 와서 즐기면 좋았을 텐데.

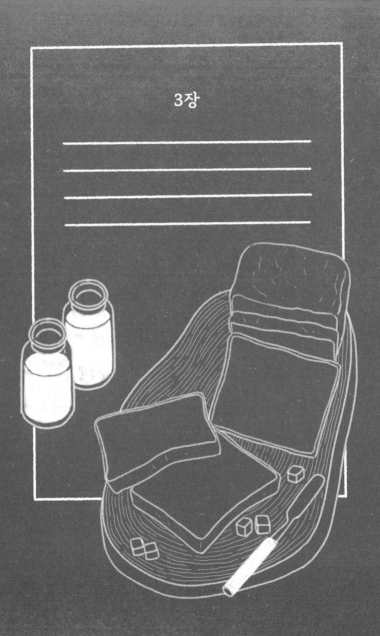

3장

새벽녘 료헤이는 배가 고파서 눈을 떴고, 부엌으로 가서 우유를 마셨다. 차가운 우유 탓에 잠이 달아나서 오토미가 쓰던 작업실로 갔다.

최근 며칠 동안 노랑머리 이모토가 매일 와서 집안 살림을 해준 덕에 밥도 먹고 목욕도 하게 됐다. 하지만 여전히 작업실에 틀어박혀 지냈다. 오토미가 가르친 탓인지 이모토가 하는 살림은 세탁물 개는 방법과 음식 맛까지 오토미와 똑같았다. 그리움을 넘어서 간혹 눈물이 나려고 했다.

유리코의 기침 소리가 2층에서 희미하게 울렸다. 료헤이는 천장을 올려다보았다. 볼거리는 아니었지만 유리코는 돌아온 날부터 몸져누웠다. 오늘로 닷새째다.

료헤이는 유리코가 친정에 돌아온 일에 관해 사위 히로유키의 해명이 있지 않을까 싶어서 며칠 동안 전화를 기다렸다. 그런데 아무런 연락도 없었다. 사흘이 지났을 즈음 이쪽에서 먼저 연락할지 고민스러웠다. 부부 싸움엔 당사자만 아는 사정이 있다지만 직장의 젊은 여자와 불륜을 저지르고 아이가 생겼다며 나가라는 건 해도 너무하다.

하지만 히로유키는 온화하고 사려 깊은 남편으로 유리코와 금실도 좋아 보였고 그런 짓을 저지를 남자 같지 않았다. 딸 말만 곧이듣고 부모가 멋대로 나서면 이야기가 더 꼬일 것만 같았다. 그래도 딸이 기침하며 점점 야위는 모습을 보면 가만히 있어도 괜찮은 건지 망설여졌다.

딸은 라멘을 먹으면서 사랑이 뭔지 모르겠다고 중얼거렸다. 아내와 애인, 양쪽 모두 헤어질 수 없다는 이기적인 남편 말에 울면서 말이다. 그렇다면 사랑이란 뭘까.

"뭐면 어때." 료헤이는 중얼거렸다. 꿈꾸는 소녀도 아니고 왜 그런 걸 고민하는 건지.

허나 그때마다 오토미의 쓸쓸한 마지막 얼굴이 떠올랐다.

오토미는 행복했을까. 이 의문은 다시 말해, 사랑은 무엇인지에 대한 대답 같았다.

료헤이는 항상 생각하다가 도중에 그만둔다.

다 쓸데없다. 모른다고 솔직하게 말하면 된다. 정말로 모르니까. 그러면서도 왠지 어쩔 바를 모르겠다. 그러고는 오토미의 책상 앞에 간다.

눈앞에는 오토미의 레시피 카드가 놓여 있었다.

무심코 팔을 뻗어서 카드를 넘겨보았다. 전화번호부와 두께가 비슷한 카드집은 요리 항목이 끝나자, 청소 항목으로 이어졌다.

"오호."

몇 장 넘겨보다가 자신도 모르게 탄성이 흘러나왔다.

'청소의 기본'이라고 써진 항목 밑에는 자신과 똑 닮은 남자가 즐겁게 계단도 닦고, 청소기도 돌리는 일러스트가 그려져 있었다.

다른 항목의 페이지를 몇 장 넘겨보고, 다시 가벼운 탄성을 질렀다. 안에 그려진 일러스트는 유리코로 보이는 포니테일 소녀였다. 귀여운 그림에 절로 미소가 지어졌다. 어릴 적 유리코의 특징을 잘 나타낸 그림이었다.

재미있어서 두꺼운 레시피를 흥미롭게 훑어보았다. 아무래도 이 레시피에 등장하는 일러스트의 주인공들은 소녀시절의 유리코와 실물보다 더 동그스름하게 그린 오토미,

조금 젊게 그린 료헤이 자신이었다.

정성스럽게 채색된 카드는 모두 아름다운 그림 같았다. 료헤이는 자신이 그려진 레시피를 찬찬히 읽어보려고 청소 항목으로 다시 돌아갔다.

"그건 그렇고." 목소리가 절로 나왔다.

"정말 애교스럽게도 그려주었구려. 오토미."

중얼거리면서 일러스트의 선을 손가락으로 따라 그렸다. 나를 이렇게 보고 있던 걸까? 오토미는.

제목 아래 덧붙여진 글도 읽어보았다.

'매일매일의 청소'라고 써진 항목에는 '청소기는 무거우니까 일주일에 한두 번이면 충분. 매일 부직포로 된 자루걸레로 가볍게 훔치기만 하면 오케이!'라고 적혀 있다.

그 자루걸레를 부엌에서 본 게 떠올랐다. 카드집을 들고 부엌으로 가서 자루걸레를 쥐어보았다. 생각보다 가벼워서 기분 좋게 일러스트를 보았다. '다다미와 마룻바닥도 이거 하나면 반짝반짝!'이라고 적혀 있었다.

시험 삼아 그 자루걸레를 들고 부엌 마룻바닥을 한 바퀴 돌아보았다. 과연 깨끗해진 느낌이 들어서 그대로 온 집 안의 다다미와 마룻바닥을 훔치고, 다시 카드의 다음 부분을 보았다. '평소에는 이걸로 청소 끝'이라고 적혀 있었다.

"에이, 별거 아니네."

그리고 다음을 보자 '기운이 남으면 먼지 털기'라는 항목이 있었다. 일러스트는 무엇 때문인지 플라밍고가 그려진 옷을 입은 자신과 오토미가 빗자루를 들고 한껏 폼 잡고 있었다.

부엌의 자루걸레 옆에서 일러스트와 같은 부직포로 된 빗자루를 찾았다. 그림 옆에는 '쓰다듬기만 해도 먼지가 털려서 반짝반짝!'이라고 적혀 있었다.

시험 삼아 빗자루를 들고 창살을 쓸어보았다. 희미하게 밝아진 느낌이 들었다. 계속해서 2층 창을 닦으러 계단을 올라갔다가 유리코가 자고 있던 게 생각났다.

방에 들어가는 건 꺼려져서 2층 복도의 창을 청소했다.

기침 소리가 조그맣게 들렸다.

방문을 조금 열고 복도 창문을 활짝 열었다. 신선한 아침 공기가 들어가면 유리코 목이 조금은 편해질 듯싶었다.

그런데 창문을 연 순간 한숨이 흘러나왔다. 물받이에는 쓰레기가 차 있고, 지붕 도장이 심하게 벗겨져 있었다.

오토미가 지붕을 신경 쓰던 일이 떠올랐다. 오토미는 젊은 사람에게 도와달라 할 테니 조만간 함께 페인트를 칠하자고 했었다.

다시 한숨이 나왔다. 겸사겸사 한숨 대신 숨을 크게 들이쉬며 심호흡했다.

주변은 아침 안개가 옅게 끼었고, 강물 소리만 울렸다.

오토미는 결혼하고 이 집에 들어왔을 때 말했다.

강은 저세상과 이 세상의 경계다, 우란분재盂蘭盆齋*에 등롱을 강에 흘려보내는 풍습은 옛날 사람들이 강이 경계라는 걸 알고 있던 증거라고.

그 때문인지 오토미는 무슨 일이 있을 때마다 강으로 갔다. 특히 유리코와 관련된 일은 반드시 작은 꽃다발을 강에 흘려보내며 합장했다. 유리코의 생모, 마리코에게 보고한다면서….

"강물은 경계…." 중얼거리면서, 료헤이는 경치를 바라보았다.

마리코가 유리코의 동생을 유산한 것도 이 강에서였다. 돌풍에 뭔가가 날아가서 주우러 갔을 때였다. 지병이 있던 마리코의 두 번째 임신을 걱정하기 시작했을 무렵의 일로 마치 태아가 엄마를 걱정해 모습을 감춘 듯했다.

그 때문일까.

● 조상들의 넋을 모시는 일련의 행사.

어제 유리코가 저녁놀이 붉게 물든 강으로 기어가는 모습을 봤을 때 료헤이는 가슴이 철렁했다. 마치 유리코가 저세상으로 끌려 들어가는 듯해 정신없이 소리쳤다. 말도 안 되는 일이라고 생각하면서도 두 아내의 이름을 불러봤다.

마리코, 오토미!

유리코에게 힘을 줘.

그때 아침 안개 속에서 이모토가 다리를 건너오는 모습이 보였다. 어깨에 걸친 배낭끈을 손으로 꽉 쥐고, 한 걸음 한 걸음 힘껏 디디며 노랑머리 여자애가 다가온다.

그 모습이 마치 나무 등짐을 진 니노미야 긴지로° 동상이 걸어오는 듯했다. 료헤이는 자신도 모르게 웃고 있었다.

"안녕하세요." 이모토가 팔을 흔들며 뛰어왔다. 그리고 창문 밑에서 두 팔을 흔들었다.

"무슨 일 있어요? 없으면 저 이대로 장 좀 보고 올게요."

"장을 본다고?"

"이 강을 따라 내려가면 아침 장이 서는 곳이 있어요. 일주일에 두 번, 이 근처 농가나 어부들이 이것저것 팔아요."

그러고 보니 오토미가 말한 적이 있었다. 그뿐 아니라, 몇

● 일본 에도시대 말기의 인물로 농촌 부흥에 힘쓴 농민 사상가.

번이나 같이 가자고도 했다.

"그 장에는 고기나 달걀도 있냐?"

"고기는 있을 때도 있고 없을 때도 있어요. 달걀은 항상 있어요. 다른 건 꽃이나 과일 같은 것도 있고요."

유리코에게 뭔가 기운 나는 걸 해주고 싶었다. 그래서 달걀을 사 오라고 하려는데 이모토가 즐겁게 말했다.

"그럼 같이 갈래요? 일어났으니까 산책 겸해서요. 오늘은 수요일이라서 천연 효모 빵과 유기농 콩으로 만든 두유도 팔아요. 전부 신선하고 무지 맛있어서 깜짝 놀랄걸요."

외출할 기력은 없었지만, 이모토의 웃는 얼굴이 너무 즐거워 보여서 차마 거절하지 못했다. 아래층으로 내려가서 신발을 신었다.

기력도 없고 체력도 없지만, 움직이면 힘이 날 수도 있다.

현관문을 열고 아침 안개 속에서 다시 심호흡했다.

상쾌한 공기가 온몸 구석구석까지 전해졌다.

이모토와 강변길을 따라 걸었다. 안개는 걷히고, 아침 해가 수면을 비추어 반짝였다.

료헤이는 눈이 부셔 자신도 모르게 눈을 가늘게 떴다. 옆에서 이모토가 노래하듯 말했다.

"아침 시장, 정말 좋아요. 전에는 일찍 일어나는 건 절대 못 한다고 생각했는데, 공기는 깨끗하고, 강변을 따라 걷는 것도 기분 좋고, 맛있는 아침을 먹을 수 있어서 정말 최고예요. 다 오토미 선생님이 가르쳐줬어요. 종종 같이 가서 어떻게 사야 하는지도 배웠어요."

"장 보는 거야 돈만 내면 다 되는 거 아니냐."

"아니, 그게요." 이모토가 열심히 설명했다.

"나도 그렇게 생각했는데, 현명하게 사는 방법이 있어요. 먹거리를 살 때는 '경찰차 플러스 신호등이면 오케이'라는 법칙이요."

"그게 뭐냐?"

"레시피 카드 안에 분명히 있어요. 경찰차 색인 흰색과 검정*, 신호등 색인 빨강, 노랑, 초록, 이 다섯 가지 색 음식을 먹으면 몸에 필요한 게 다 갖춰진대요. 그래서 먹을 것과 반찬을 살 때는 경찰차 플러스 신호등을 생각하면서 사는 거죠."

• 일본 경찰차는 위는 흰색, 아래는 검은색으로 되어 있다.

료헤이는 검정, 하양, 빨강, 노랑, 초록이라고 손가락으로 세고는 고개를 갸우뚱했다.

"까만색 먹을 게 뭐냐?"

"검은깨라든지 톳, 흑설탕."

"흰색은?"

"밥, 두유, 우유, 무, 대구 토막 같은 거."

먹거리에 대해서는 잘 모르지만, 우유와 무가 같다는 건 건성으로 나눈 느낌이 들었다.

"너무 대충 나눈 거 같은데."

"하지만 알기 쉬워요. 덕분에 거칠었던 피부가 나았어요. 전에는 심했는데 그 다섯 가지 색을 갖춰서 먹은 뒤부터 엄청 좋아졌어요."

그만큼 살갗을 태웠으니 틀림없이 피부도 상했을 것이다. 기발한 화장 탓에 민낯이 전혀 짐작이 안 가지만 분명 피부에 윤기가 있어 보였다.

"그 피부는 태운 거냐?"

"네. 그런 기계가 있어요."

"뭐 하러 그렇게까지?"

"전혀 다른 사람이 된 듯해서 기분이 좋다고 할까. 나 자신이 리셋된 느낌이랄까. 하지만 지금은 좀 지나쳤다고 후

회해요. 화장하는 것도 장난 아니고요."

"그러면 눈 주변의 은색 라인만이라도 안 하면 되잖냐."

"그렇게 못해요." 이모토가 웃었다.

"눈 화장과 속눈썹이 없으면 눈이 바지락 같아져요. 역시 눈의 힘은 중요하지 않아요? 하지만 피부색이 본래대로 돌아오면 화장도 옅게 하려고요."

"덕지덕지 바르면 본래대로 돌아오는 것도 늦어지는 거 아니냐?"

"그런가…." 이모토가 중얼거렸다.

"하지만 본래의 모습으로 돌아오는 것도 서운해요."

"그쪽이 더 나아 보일 거 같은데."

이모토가 기쁘게 웃었다. 눈꼬리 주변이 비단벌레 날개처럼 빛났다.

화장으로는 기묘했지만 그림이라고 생각하면 예쁘게 그려졌다.

어쩌면 이것도 오토미가 가르친 산물인지도 모른다.

"오토미는 대체 뭘 가르쳤던 거냐?"

"그림 편지를 가르쳤는데 우리는, 뭐랄까…."

이모토가 머리를 만지작거리면서 약간 주저했다.

"전부 그런 건 아닌데 리본 하우스에 오는 애들은… 집안에 문제가 있는 경우가 많아서요. 어떻게 먹고 말하고 세탁하고 청소해야 하는지, 또 속옷은 어떻게 제대로 입고 쓰레기는 어떻게 처리하는지 이런 단순한 것도 몰라요. 배운 적도 없고 물어볼 데도 없고 가르쳐줄 사람도 없고."

이모토는 그런 말을 해줄 상대가 가까이 있으면 끊지 못할 안 좋은 습관에 빠져 허우적거릴 일도 없었을 거라고 말했다.

"그러기 전에 분명히 상담도 했을 테고."

"너도… 아니, 이모토 씨도?"

"그냥 이모토라고 불러요. 그야 당근 엄청나게요."

이모토는 웃었다.

"리본 하우스의 리본(reborn)은 영어로 재생, 다시 태어난다는 의미라는데, 나는요, 선생님과 그 카드를 만나면서 분명히 변했어요. 지금은 어떻게 먹어야 몸에 좋은지 알고 요리와 청소도 할 줄 알고 나 자신을 소중하게 여겨요. 가지고 있는 카드가 많아지니까 나에게 자긍심도 생겼어요. 제법이야, 나는 이것도 할 수 있고 저런 것도 알아, 하는 그런 느낌 말이에요."

이모토는 배낭끈을 손으로 쥐고 고개를 숙였다.

"결국… 선생님이 그림 편지를 쓰는 법을 가르쳐주려고

해도 쓸 게 아무것도 없던 거예요. 아무것도 몰랐고, 알지 못했고, 완전 밑바닥 인생, 답답하다고 생각했어요."

"지금은…."

료헤이는 말을 꺼내다가 우물거렸다.

"지금은 좋아요."

이모토가 고개를 들고 즐겁게 소리쳤다.

"료헤이 아저씨, 아침 장이 보여요."

이모토가 손가락으로 가리키는 방향을 보았다. 강을 따라 있는 커다란 야외 주차장에 경트럭과 왜건이 몇 대 서 있었다. 자동차 근처에는 알록달록한 파라솔이 여러 개 세워져 있고, 그 밑에 사람들이 옹기종기 앉아 있었다.

"좋은 건 쟁탈전이라서 먼저 갈게요."

그렇게 말하면서 이모토가 뛰어갔다.

그 뒷모습을 바라보며 료헤이는 이상한 기분이 들었다. 항상 서글서글하게 웃던 오토미가 다른 사람의 인생에 그처럼 커다란 영향을 주고 있었다는 건 의외였다.

경쾌하게 뛰어간 노랑머리 여자애는 금방 아침 장을 찾은 사람들 속으로 사라졌다.

쟁탈전이라는 말은 참 어울리는 표현이었다. 료헤이도 아침 장 속으로 발을 내디뎠다. 과일과 채소 매장에는 많은 사람이 상품들을 중심으로 모여 있었다.

주변을 둘러보았다. 료헤이는 평일 이른 아침부터 이처럼 많은 사람이 모여 있다는 사실에 놀랐다. 신선 식품 이외에도 왜건에서 미타라시단고˙나 수제 빵, 소시지 등을 파는 가게들도 많았다. 음식을 산 다음 파라솔 밑에 마련된 간이 테이블에서 먹을 수 있었다.

이모토가 말한 '경찰차 플러스 신호등'이 떠올라서 가게들을 들여다보았다.

빨간 토마토, 초록색 시금치, 노란 배를 본 다음에 흰색과 검은색으로 된 먹거리를 찾았다. 어패류를 파는 가게가 눈에 들어왔다. 검은색으로는 톳이나 미역을 생각하며 들여다보는데 생물 사백어가 눈에 띄었다.

데친 사백어는 이 근방 가게라면 어디든 있지만 생물 사백어는 빨리 상해서 좀처럼 보이지 않는다.

●　경단을 꼬치에 꽂아 달짝지근한 간장 소스를 발라 구운 것.

료헤이는 생물 사백어에 간장과 다진 생강을 뿌려서 갓 지은 밥에 얹어 먹는 걸 아주 좋아했다. 오토미는 제철이 되면 가끔 밥상에 올려주곤 했다. 그 생물 사백어는 항상 여기서 샀던 건가 생각하면서 생선 박스에 다가갔다.

유리코의 남편 히로유키가 결혼을 허락받으러 인사를 왔을 때도 아마 이맘때였다. 그때도 오토미는 술안주로 생물 사백어를 내놓았다. 그걸 아주 신기해하며 연신 맛있다고 먹던 사위 얼굴이 떠올랐다.

불현듯 히로유키와 만나 이야기를 나누고 싶어져서 생물 사백어 상자를 들여다보았다.

"료헤이 아저씨, 사백어 먹고 싶어요?"

고개를 들자, 이모토가 무와 파를 넣은 배낭을 메고 옆에 서 있었다.

"아니, 됐어."

"그럼 주스 사서 강가에서 아침 먹을래요? 유릿치 언니한테는 맛있는 계란죽 만들어줄게요."

이모토는 왜건으로 걸어갔다. 믹서를 여러 개 늘어놓은 주스 가게였다. 기기 주변에는 제철 과일과 채소가 장식되어 있었다. 료헤이는 세상에 정말로 다양한 가게가 있다고 감탄하며 달콤한 향이 나는 차 안을 구경했다.

당근 주스의 빨강, 녹즙의 초록, 파인애플의 노랑, 두유의 흰색, 역시 검은색 주스는 없다고 생각하는데 이모토가 눈앞에 검붉은 주스를 내밀었다.

"료헤이 아저씨, 맛볼래요? 이거, 오늘의 스페셜이래요."

"뭐냐, 이 검은 건?"

"방금 짜낸 포도 주스요."

빨강, 초록, 노랑, 흰색에 검정, 주스 컵을 받으면서 료헤이는 그 색을 유심히 들여다봤다. 그동안 몰랐는데 세상은 참 다양한 색으로 넘쳐나고 있었다.

이것이 오토미가 보던 풍경, 오토미가 사랑한 장소일까.

진작 함께 와서 즐기면 좋았을 텐데.

음미하며 주스를 마셨다.

눈이 아렸다. 동시에 유리코와 히로유키를 생각했다.

서로 조금이라도 애정이 아직 남아 있다면 쉽게 그 고리를 끊어서는 안 된다.

당사자들에게는 보이지 않더라도 누군가 냉정한 눈으로 보면 더 좋은 길이 있을지도 모른다.

강가에 앉자, 이모토가 방금 산 효모 식빵과 수제 햄을 꺼내서 즉석 햄샌드위치를 만들었다.

그걸 베어 먹으면서 생각에 잠겼다.

괜히 주제넘은 짓을 할 생각은 없다. 그런데 좀처럼 약한 소리를 하지 않는 유리코가 처음으로 우는소리를 했다.

"이모토 씨."

"이모토라고 불러도 된다니까."

"이모토, 역시… 생물 사백어를 사고 싶은데."

"아아, 그거 맛있죠."

"그걸 누굴 좀 주고 싶은데 어떻게 가져가면 되려나?"

"알았어요." 대답하며 이모토가 일어났다.

"물어보고 사 올게요. 그런데 료헤이 아저씨, 미타라시 단고와 풀빵, 크레이프 먹을래요?"

"어이구, 그렇게 많이 먹냐?"

어이가 없어서 이모토를 보았다.

"그럼요." 이모토는 힘차게 일어서더니 웃었다.

"단 건 먹는 배가 따로 있어요."

이모토는 배를 두세 번 두드리고 아침 장이 선 곳으로 돌아갔다. 그 말투와 행동이 오토미와 너무 닮아서 뒷모습을 멍하니 바라보았다.

스승과 제자는 닮는다는 말이 있다. 그렇다면 이모토가 오토미처럼 살이 찌는 건 시간문제 같았다.

장을 보고 집에 왔지만, 유리코는 아직 자고 있었다. 료헤이는 부엌에 있는 이모토를 향해 지인에게 다녀온다고 말한 뒤 버스를 타고 가장 가까운 역으로 갔다. 오전 9시가 넘어서 나고야에 도착했고, 도쿄행 신칸센에 올랐다.

사백어를 넣은 커다란 아이스박스를 들고 통로를 걸어가는 건 쉽지 않았다. 그래도 자리에 앉아 그 앞에 그럭저럭 짐을 내려놓았다. 크게 한숨을 쉬고 눈을 감았다.

불필요한 말은 하지 않는다.

절대 호통치지 않는다.

우연히 도쿄에서는 쉽게 구하지 못하는 생물 사백어를 보았기에 그걸 사위에게 전해주려고 갈 뿐이다.

그게 전부다. 겸사겸사 유리코와 있었던 일을 조금만 물어보려는 것뿐이다.

료헤이는 지도에서 히로유키의 직장인 입시 학원 본부를 몇 번씩 확인하고, 전철을 갈아타는 방법도 찾아봤다. 그러고 나자, 졸음이 쏟아졌다.

잠깐 눈만 좀 붙일 셈이었는데 눈을 떴을 때는 어느새 도쿄역이었다.

서둘러 신칸센 플랫폼에서 야마노테센* 플랫폼으로 향했다. 그곳에서 히로유키의 직장에 전화를 걸려고 했다. 그런데 손이 도중에 멈췄다. 마음이 앞서서 여기까지 왔지만, 히로유키도 장인이 갑자기 직장에 나타나면 곤란할 듯했다.

뭘 이제 와서… 싫었으나, 료헤이는 잠깐 플랫폼 벤치에 앉았다. 그런데 한 번 그런 생각이 들자, 이번에는 아이스박스와 자신의 차림새가 유난히 촌스러워 보였다. 이런 초라한 장인이 나타나면 오히려 유리코의 발목을 붙잡게 될 듯 싶었다.

비가 오기 시작했다. 역 매점에서 우산을 산 뒤 다시 벤치로 돌아갔다.

전철에서 승객들이 쏟아져 내렸다. 젊은 남자가 발밑에 놓아둔 아이스박스에 살짝 발이 걸렸다. 료헤이는 허둥지둥 아이스박스를 들어 올려 무릎 위에 놓으려고 했다. 하지만 들지 못하고 그대로 짐째 고꾸라졌다.

"대체 이게 뭐 하는 짓인지." 그 말이 무심결에 나왔다.

넘어진 김에 아예 일어섰다. 옷에 묻은 먼지를 털면서 이왕 여기까지 왔으니 사위 직장 근처에 가보기로 했다. 어차

● 　도쿄 시내를 순환하는 전철.

피 점심시간이다. 그곳에서 히로유키를 전화로 불러내 식사하면 된다. 힘들다면 접수대에 사백어만 놓고 가자.

"바빠도 점심은 먹겠지." 료헤이는 중얼거리면서 야마노테센에 올랐다. 점심을 같이 먹는 정도는 히로유키도 별로 성가시지 않을 것이다.

그렇게 수차례나 자신을 타이르고 이번에는 지하철로 갈아타며 목표하던 역에 도착했다. 우산을 쓰고 걸어가는데 학원 건물 앞에 히로유키의 차가 서 있었다. 무심코 차 안에 시선을 던졌다가 걸음을 멈췄다.

뒷좌석에 오렌지색 어린이 카 시트가 장착되어 있었다. 다른 사람 차인가 싶어서 번호를 확인해 보고 크게 한숨을 내쉬었다.

번호판은 '1213'이었다. 유리코의 생일과 같은 이 번호는 틀림없이 히로유키의 자동차였다.

이 차를 샀을 때 유리코는 히로유키가 그 숫자로 번호를 등록했다며 수줍은 듯 오토미에게 얘기했다. 료헤이는 그때의 광경이 떠올랐다.

도저히 그 자리에 더는 있지 못하고 맞은편에 있던 작은 공원으로 발길을 돌렸다. 공원에서 어린 남자애의 손을 끌며 나오는 통통한 여자와 스쳐 지났다. 그 여자는 히로유키의 직장이 있는 건물로 향했다.

어깨 언저리에서 소용돌이치는 곱슬머리와 팔랑거리는 원피스 같은 블라우스. 스칠 때 달콤한 향이 코를 찔러서 자신도 모르게 돌아보았다.

도쿄 여자는 애가 있어도 상당히 화사했다.

서 있기도 지쳐서 열차에서 보던 지도를 깔고 벤치에 앉았다. 그러자 맞은편 건물에서 히로유키가 나와 주변을 두리번거렸다.

료헤이는 팔을 들려다가 멈칫했다. 조금 전 스친 여자가 아이 손을 잡아끌며 히로유키에게 향하고 있었다.

"여기요, 여기."

멀리 울려 퍼지는 밝은 목소리였다.

"도시락 가져왔어요."

여자가 남자애 등을 떠밀었다.

"자, 가이토, 아빠한테 드려야지."

아이가 손에 쥐었던 빨간색 꽃무늬 주머니를 내밀었다.

히로유키가 자세를 낮춰 받더니 고맙다고 했다. 그리고 작은 손을 잡았다.

료헤이는 어린애 특유의 달콤한 분위기가 떠올랐고 히로유키의 모습을 응시했다. 눈시울이 뜨거워져 손가락으로 지그시 눈을 눌렀다. 그 손을 떼고 다시 히로유키를 바라보았다.

그 화사한 여자는 통통한 것이 아니라 임산부였다.

참으로 아리따운 임산부다.

히로유키가 여자에게 우산을 받쳐주었다. 그 광경에 료헤이는 사실 히로유키가 남자다웠구나, 멍하니 생각했다. 무엇보다 히로유키의 행동에는 한창 일하는 남자의 자신감과 원숙미가 흘러넘쳤다.

아름다운 광경이었다. 정장을 차려입은 남편, 임신 중인 아리따운 아내, 그 두 사람 옆에 있는 사내아이, 그리고 고급 은색 승용차.

여자가 히로유키에게 귓속말했다. 히로유키의 입가에 희미하게 웃음이 떠올랐다.

그 모습을 봤을 때 유리코의 자리는 없다는 걸 깨달았다.

히로유키는 새로운 인생을 선택했다.

료헤이는 한숨 쉬며 일어나 사백어가 든 아이스박스를 어깨에 멨다. 유난히 어깨에 파고들어서 신음이 절로 새어나왔다.

히로유키가 고개를 들고 이쪽을 본 듯했다. 우산을 깊이 쓰고 걸음을 재촉했다.

아버님이라고 부르는 느낌이 들었다.

멈춰 서고 싶지 않다. 걸음을 멈추면 분명히….

걸음을 멈추고 해야 할 말은 있다.

하지만 아무 말도 하고 싶지 않다.

유리코가 갓난아기일 때 그 작은 손의 감촉을 지금도 생생히 기억한다. 가슴속 깊이 저리는 듯한 그 달콤한 감촉. 히로유키가 그 온기를 욕심내고, 장차 가지려고 한다면 그걸 어떻게 탓할 수 있을까.

설령 그 엄마가 유리코가 아닐지라도.

만질 수 있다면 료헤이도 유리코가 낳은 아이의 손을 만져보고 싶었다.

빗줄기가 거세졌다. 지하철 입구에는 빗물이 고여 있었다. 개의치 않고 가로지르자 차가운 물이 신발로 흘러들어왔다.

신음하는 마음으로 지하철에 올라타 문에 몸을 기댔다.

어디서부터 무얼 잘못 꿴 걸까.

답은 떠오르지 않고 창밖을 내다보았다. 하지만 지하철 창밖으로 경치가 보이지 않았다. 눈앞에는 아이스박스를 어깨에 멘 노인만 비칠 뿐이었다.

신칸센이 아타미를 지나자, 비구름이 걷혔다. 역에 도착해서 버스를 탔다. 창밖 가득 가을 하늘이 펼쳐져 있었다.

집 근처 강에 못 미쳐서 버스를 내려 다리로 향했다. 무심코 강 아래쪽을 내려다보았다. 유리코가 2층 창에 기대 강을 바라보고 있었다.

코끝이 찡하면서 무언가가 올라왔다.

저 집을 지었을 때 마리코도 유리코를 안고 자주 저러고 있었다.

색 바랜 지붕 밑에서 그때의 갓난아기가 엄마와 똑같은 모습으로 강을 바라보고 있다.

료헤이는 난간을 짚고 집을 보았다.

마리코가 강을 바라보던 저 방은 곧이어 유리코 방이 되었다. 그리고 도쿄의 대학으로 진학이 결정되자 유리코는 보스턴백을 들고 저 방을 나갔다. 가냘픈 몸에 비해 너무나 큰 가방이었다. 하지만 그 안은 희망찬 앞날로 가득했다.

그 뒤 20년이 지났고, 딸이 다시 가방을 들고 돌아왔다. 그러고는 저 방에 혼자 덩그러니 앉아 있다.

못쓰게 된 낡은 인형처럼.

집에 도착하자 부엌에 있는 이모토에게 사백어가 든 아이스박스를 건넸다. 이모토가 오늘은 튀김이라며 웃었다.

"료헤이 아저씨가 오기만 기다렸어요. 막 튀긴 따끈따끈한 걸 내놓고 싶어서요."

"엇?" 하고 이모토가 아이스박스를 열며 갸우뚱했다.

"사백어, 안 줬어요?"

"못 만났어."

그 말만 하고 냉장고에서 보리차를 꺼냈다. 오랜만에 들리는 튀김 소리가 정겨워 그대로 식탁에 앉았다.

계단을 내려오는 발소리가 들리고 유리코가 부엌으로 들어왔다. 유리코는 몸이 어느 정도 회복되어서 도쿄에 한 번 가려고 한다고 조그맣게 말했다.

시어머니를 걱정하는 모양이다.

하지만 도쿄로 돌려보낼 수는 없다.

이제 막 회복된 딸에게 그 현실을 들이대고 싶지 않았다. 몸이 더 회복되고 모두 받아들일 수 있을 때까지는.

무엇보다 히로유키 본인이 유리코의 도움은 더 이상 바라지 않을 것이다. 그는 새로운 생활을 시작했다.

료헤이는 49재 대연회라는 말이 떠올랐다.

죽은 자의 영혼이 49일 동안은 이 세상에 있다. 그러다 법회가 끝나면 저세상으로 떠난다고 한다. 오토미도, 자신도, 유리코도 이제는 혼자 헤쳐 나가야 한다.

세상에서 더없이 소중한 반려자와 떨어져서.

"유리코." 부르는 소리가 신음하듯 울렸다.

"시어머니를 걱정하는 마음을 알겠다만 이제 그건 히로유키네 사람들에게 맡겨라."

유리코가 고개를 숙였다.

"넌 새 인생을 생각해라."

"새로운 인생이라니…."

"앞으로의 일 말이다."

튀김 소리가 경쾌하게 퍼지고 있었다. 이모토는 자리가 불편한 듯 새우튀김을 건져서 그릇에 놓았다.

이모토가 불을 끄려고 했다.

"괜찮다, 이모토. 그대로 들어."

"옙."

"네가 아는 사람 중에 힘쓰는 일을 부탁할 청년 있냐?"

"나요, 나, 미(me)!"

이모토가 기다란 젓가락으로 자기를 가리켰다.

"힘쓰는 일은 완전 잘해요."

료헤이는 "너도 믿음직하긴 한데…" 중얼거리며 천장을

올려다보았다.

지붕을 새로 칠하자.

유리코가 있을 곳을 만들자.

그리고 오토미를 위해서 성대하게 연회를 열자.

모든 근심 걱정을 잊을 만큼 대대적인 연회.

"가능하면 남자 일손이 있었으면 하는데. 손님을 맞으려면 지붕과 벽 등을 손봐야겠어."

"어, 하는 거예요? 대연회, 대대적인 파티."

이모토가 괴상한 소리를 지르며 몸을 내밀었다.

"그래, 해. 성대하게 하고말고."

대답은 그렇게 했지만, 한숨이 나왔다.

"뭘 어떻게 성대하게 할지는 모르지만, 아무튼 해보자."

"오케이. 일할 남자 말이죠, 걱정 마요."

"연회라니… 그게 뭐예요?"

기름이 튀는 소리가 들리는 가운데 유리코가 고개를 푹 숙인 채 물었다.

"나중에 설명하마. 아무튼 밥부터 먹고 생각하자."

료헤이는 될 대로 되라는 심정으로 말하고 벽에 걸린 달력을 보았다.

법회 날까지는 한 달이 채 남지 않았다.

선생님과 그 카드를 만나면서 분명히 변했어요.
지금은 어떻게 먹어야 몸에 좋은지 알고
요리와 청소도 할 줄 알고
나 자신을 소중하게 여겨요.
가지고 있는 카드가 많아지니까
나에게 자긍심도 생겼어요.

4장

발끝이 추워서 문지른 순간, 유리코는 눈을 떴다.

고개를 들자, 커튼 사이로 아침 해가 비치고 있었다.

팔을 뻗어서 머리맡에 둔 작은 주머니를 만졌다. 가볍게 흔들자, 안에 들어 있던 것이 쏙 굴러떨어졌다. 주워서 눈앞으로 가져왔다.

반들반들한 그 물건은 오래된 부적이었다. 어제 불단 서랍에서 발견했다. 하얗고 평평한 돌멩이로 아주 약간 거무스름한 빛을 띠고 있었다.

돌멩이를 쥐고 눈을 감았다.

어릴 때는 밤마다 이 돌멩이를 쥐고 잠들었다. 쥐고 있으면 돌멩이가 따뜻해져 그 온기를 느낀 순간, 항상 녹아들듯 잠 속에 빠져들었다.

낳아준 엄마 마리코가 소중하게 간직했던 물건이라고 했다. 두 살 때 돌아가셨기 때문에 기억은 거의 없지만 유리코는 다마코 고모가 이 작은 주머니를 어린 자신의 목에 걸어 주며 울던 건 기억이 난다.

언제부터였을까.

살며시 눈을 떴다.

이 돌멩이를 더 이상 쥐지 않게 된 건.

책과 영화, 친구와 애인. 누군가의 마음이나 몸에 닿는 걸 기억할 즈음부터 이 돌멩이를 만지지 않게 되었다. 그리고 불단 서랍에 넣고 내내 잊고 지냈다.

어느새 친구들과는 멀어져 있었다.

애인은 남편이 되었고 지금은 누구보다도 먼 사람이다.

눈물로 돌멩이가 흐릿하게 보였다. 가만히 눈을 감았다.

다시 한번 잠들고 싶다.

녹아들듯 아이처럼 잠들고 싶다.

그 순간, "으악!" 남자 목소리가 머리 위에서 들렸다.

"일 났네, 일 났어."

이어서 둔탁한 소리가 나고 아버지의 고함이 들렸다.

"하루, 괜찮냐? 방금 엄청난 소리가 들렸는데."

"료헤이 아저씨, 비켜요, 비켜."

이모토가 소리쳤다. 그리고 2층 이 방 창문이 흔들렸다.

유리코는 천천히 일어나서 커튼을 젖혔다. 그리고 비명을 지를 뻔했다.

창문에 젊은 남자가 기대고 있었다. 지붕에서 무릎을 꿇고 고통스러운 표정으로 허리를 누르고 있다.

눈이 마주쳤다. 청년이 얼굴을 찡그리며 가볍게 손을 들었다.

"안녕하세요!" 이모토가 인사하며 사다리를 타고 지붕 위로 올라왔다.

"날씨가 좋아요. 좀 어때요?"

"일 났다니까."

"하루미한테 물은 거 아냐."

이모토가 쾌활하게 웃으며 쓰레기용 집게를 청년에게 건넸다. 아마 두 사람은 물받이를 청소하려는 모양이다.

청년이 유리코를 향해 미소 짓고 허리를 문지르며 이동했다.

그 미소에 유리코는 공연히 화가 났다.

이틀 전에도 잠이 들려는데, 저 청년 때문에 깼다.

커다란 경적이 신경 쓰여서 커튼을 젖히자, 밖은 이슬비가 내리고 있었다. 창문을 열었더니 강변길을 따라서 노란색 자동차가 느릿하게 달려오는 모습이 보였다.

그 뒤로 자동차가 줄줄이 뒤따르고 있었다.

요란한 경적은 뒤따르는 자동차에서 울리는 듯했다.

시끄러웠지만 그리운 마음에 그 노란색 자동차를 보았다. 장수풍뎅이 같은 그 자동차는 폭스바겐 비틀이었다. 옛날에 옴마가 지인에게 물려받아서 아버지와 타던 것과 같은 모델이었다.

아버지는 허리가 안 좋아진 뒤로 좁은 곳에서도 기동성이 좋은 경차를 탔다. 하지만 그것도 작년에 처분하고 지금은 집에 자동차가 없다.

강을 따라 내려가듯 자동차가 천천히 다가왔다. 어두컴컴한 빗속에서 선명한 노란색이 눈부셨다. 마치 물속을 헤엄치는 듯했다.

커튼을 닫으려고 했을 때 그 자동차가 집 앞에 멈췄다.

급브레이크 소리가 나고 뒤에 있던 차가 또다시 경적을 울렸다.

비틀에서 사람이 내렸다. 젊은 남자였다.

청년은 주변 소리에 동요하지 않았다. 그저 자동차에 기대서 두 손바닥을 몇 차례 뒤집어보고 있었다. 그리고 조용히 유리코 쪽을 올려다보았다.

눈이 마주쳤다. 그가 미소 지었다.

"유리코!"

당황하여 커튼을 닫았다. 전혀 모르는 남자였다.

아버지가 현관으로 나가는 기척이 났다.

"우와, 아버지."

"젊은이는 누구요?" 아버지가 물었다.

유리코도 카디건을 걸치고 현관으로 향했다. 자루걸레를 창처럼 든 아버지가 돌아보았다.

"유리코, 아는 사람이냐?"

말없이 도리질했다.

"일 났네." 청년은 중얼거리며 두리번거렸다.

"이모토, 이모토는?"

"이모토? 이모토, 오늘은 아직 안 왔는데."

그때 "료헤이 아저씨!" 부르는 소리가 들리고 배낭을 멘 이모토가 뛰어왔다.

"왜요, 무슨 일 있어요? 왜 이렇게 차가 밀려요? 다리 너머까지 계속 차가 늘어섰어요."

이모토가 청년을 보았다.

"누구?"

"내가 묻고 싶은 말이다." 아버지가 큰 소리로 말했다.

"이모토 네가 아는 사람인 모양인데."

"아는 사람이요?" 이모토는 중얼거리며 청년 앞에 섰다. 얼굴을 올려다보았다.

"우와!" 이모토가 드디어 알아본 듯 감탄했다.

"또 많이 컸네. 잠깐 못 알아봤어."

청년이 알통을 만드는 시늉을 하더니 팔뚝을 탁탁 쳤다.

"좀 안 본 사이에 많이 변해서 깜짝 놀랐어."

"누구냐?"

"연회 준비 도와줄 사람이요. 어제 료헤이 아저씨가 부탁했잖아요."

"어디 사람이냐?" 아버지가 물었다.

"네? 음… 브라질….'"

"브라질?" 아버지가 청년 얼굴을 쳐다봤다.

"그건 나라 이름이잖냐."

"맞아요. 이름은… 음, 카를로스…, 카를로스…."

"카를로스?"

"야베*." 청년이 중얼거렸다.

"맞다, 카를로스 야베."

"야." 아버지가 으르렁거렸다.

"완전 거짓말 티가 나잖냐."

"그렇게 부르는 걸 어떡해요. 진짜 이름은 뭐더라?"

"없어."

"없다니 무슨 소리냐."

아버지가 목소리를 높였다. 그러자 뒤차 운전사가 자동차 좀 어떻게 하라며 그에 못지않게 소리를 꽥 질렀다.

아버지는 청년에게 아무튼 차부터 빼라고 말했다. 더 가면 강가에 자동차를 세울만한 공간이 있으니, 거기에 세운 다음 이야기를 하자고 했다.

청년이 난처해했다. 이모토가 아버지에게 어딘지 안내해 달라고 말했다.

이슬비 속에서 아버지는 뒤에 있는 자동차에 연신 머리를 숙이면서 비틀의 문을 열려고 했다. 그러다 청년을 봤다.

"젊은이, 이거 혹시… 우리 집에서 쓰던 그 차인가?"

청년이 기쁘다는 듯 연신 고개를 끄떡였다.

아버지가 조수석에 올라탔다. 그리고 비틀은 뒤에 있는

● '일 났다'라는 뜻의 '야베에(やべえ)'라는 말을 입에 달고 살면서 카를로스를 '야베(やべ)'라고 부르게 된 상황.

차들을 이끌고 느릿느릿 길을 내려갔다.

나중에 들은 말로는 그 청년은 카를로스 야베라는 이름으로 불린다고 했다. 이 근방에 많은 자동차 관련 공장에서 일하던 일본계 브라질 사람으로 진짜 이름은 길고 발음이 어려워서 그렇게 불리는 모양이었다.

옴마는 한때 그러한 공장의 직원 식당에서 파트타임으로 일했는데, 그곳에서 일하던 사람들과 교류가 있던 모양이다. 그 인연으로 이 집의 비틀은 브라질 사람에게 양도되었고 지금은 이 청년이 주인이었다. 카를로스는 연회 당일까지는 아니지만, 한동안 힘쓰는 일을 도와주겠다고 했다.

유리코는 낯선 청년을 집에 들이는 게 불안했다. 그런데 아버지는 바로 카를로스를 믿었다. 오래된 차를 소중하게 다루는 남자 중에 나쁜 사람은 없단다. 더구나 어느새 하루미라는 애칭을 붙여서 꽤 사이좋게 지내고 있다.

어쩌면 저렇게 무르실까.

유리코는 못마땅해하며 이불을 갰다. 그리고 머리를 빗고 검은 고무줄로 질끈 동여맸다. 조금 더 자고 싶다. 하지만 병원에서 약을 탄 뒤 도쿄로 돌아가기로 마음을 굳혔다. 도쿄에도 딱히 지낼 곳은 없지만 지난 며칠 동안 아버지는 이모토와 하루미라는 청년에 둘러싸여 묘하게 밝았다. 그 모습이 견딜 수 없었다.

도쿄 어딘가에 싸고 조용하게 지낼 만한 곳을 찾아서….

그리고….

그다음은 어떻게 할지 생각나진 않지만, 채비를 마치고 방을 나섰다.

복도 창밖으로 청년이 보였다. 창을 등지고 묵묵히 팔을 움직이고 있었다.

유리코는 조금 비틀거리면서 1층으로 내려갔다. 전화를 걸어 택시를 불렀다. 집 근처에 택시 회사가 있어서 5분도 채 되지 않아 택시가 도착했다. 병원에 가서 약을 받아온다고 마당에 있는 아버지에게 말하고 차에 올라탔다.

도로로 나온 아버지가 무언가 말을 꺼내려고 했다. 유리코는 택시 문을 붙잡고 아버지를 올려다봤다.

아버지는 아무 말도 하지 않고 뒤돌아 갔다.

토요일이라 그런지 병원은 사람들로 북적였다. 감기는 거의 나은 듯하지만, 한기가 든다고 하자 의사가 한약재가 든 약을 처방해 주었다.

유리코는 그 처방전을 들고 밖으로 나갔다. 병원 현관 정원수 부근에 비틀을 타고 왔던 청년이 앉아 있었다.

청년이 웃으며 손을 들었다. 강아지처럼 구김살 없이 환한 웃음이었다. 하루미는 지붕 청소가 끝나서 마중 나왔다고 했다.

"괜찮아요"라고 하자 청년이 일어났다. 그 모습에 한순간 기가 죽었다. 앉아 있으면 강아지였는데, 일어나니 덩치가 꽤 큰 남자였다. 올려다봐야 하는 박력 있는 체격에 압도되어 유리코는 목소리가 기어들었다.

"괜찮아요, 다른 볼일도 있고."

청년은 아무 말 없이 길로 나와서 자동차 조수석 문을 열었다. 유리코는 자신도 모르게 혼잣말이 나왔다.

"모르는 사람 차에 어떻게 타."

"알아." 하루미가 대꾸했다.

"나, 하루미."

아버지가 그제 막 붙여준 이름이었다.

독거노인에게 건강식품이나 금융상품을 강매하는 사람이 생각났다.

유리코는 "아무튼 됐어요" 하고 손을 저었다. 하루미가 자동차 선루프를 가리켰다가 입가에 손을 대는 시늉을 했다.

"무서워지면 선루프를 열고 소리 지르라고?"

하루미는 고개를 끄떡이더니, 이어서 엄지와 새끼손가락을 세워서 귀와 입에 대고 흔들었다.

"무서워지면 경찰서에 신고하라고?"

하루미가 웃었다. 그렇게까지 말하는데도 안 타면 자의식 과잉인 것 같아서 하는 수 없이 자동차에 올라탔다.

생각해 보면 누가 습격한다는 건지. 현금도 별로 없고, 반올림하면 마흔이 되는 여자를.

뒷좌석에는 백 엔 숍 봉지가 있었다. 뭘 그리 많이 샀는지 두 봉지나 됐다.

조수석에 앉았더니 또 한기를 느꼈다. 춥다는 말이 저절로 나왔다. 하루미가 팔을 뻗어 히터를 켰다.

말투가 좀 건방졌던 것 같아서 공손하게 고맙다고 인사했다.

그리고 옆을 보았다. 하루미는 앉아 있으면 별로 크게 느껴지지 않았다.

"누나." 하루미가 유리코를 불렀다.

"그, 누나라고… 안 부르면 안 될까요?"

하루미가 고개를 갸우뚱했다.

"나이 많으면 누나."

텔레비전에서는 그렇게 부른다고 하루미가 말했다. 개그 프로그램이었는지, 거기서 여자인 선배를 누나*라고 부르는 모양이었다.

"난 연예인이 아니니까."

"그럼 뭐라고 불러? 유리코?"

그 말에 요전 날 갑자기 이름을 불린 일이 생각났다.

"지난번에 어떻게 내가 유리코인지 알았어?"

옴마가 사진을 보여줬었다며 하루미가 웃었다. 아마 하루미는 일본의 기모노에 흥미가 있는지, 옴마는 유리코가 기모노 입은 사진을 여러 장 보여준 모양이다.

"후리소데**, 시로무쿠***, 예뻐. 유리코, 아주 예뻐."

성인식과 결혼식 사진일까.

머나먼 옛날이야기다.

하루미가 백미러를 조절하며 "누나" 하고 더듬거리며 말했다.

"나, 오래 없어."

"그래."

---

* 일본에서는 누나, 언니, 형, 오빠 등의 호칭은 혈육에게만 쓴다.
** 가장 화려한 기모노로 미혼 여성들이 성인식, 졸업식, 결혼식 등에 입는 예복이다.
*** 신부가 전통 결혼식 때 입는 하얀색 기모노를 말한다.

"차, 사용하는 거 아주 잠깐. 연회 전에 돌아가."

"그래." 대답하고 유리코는 옆을 돌아보았다. 빨려들 듯 하루미와 눈이 마주쳤다.

속쌍꺼풀이 있는 예쁜 눈이었다.

"머리, 어떻게 해."

"머리?"

하루미가 뒷좌석에 팔을 뻗으며 몸을 내밀었다. 그리고 백 엔 숍 봉지에서 거울을 꺼내더니 백미러를 보라고 가리켰다.

유리코는 시키는 대로 백미러를 봤다.

하루미가 들고 있는 거울에 뒤통수가 보였다. 한동안 염색을 하지 않은 탓에 흰머리가 눈에 띄었다.

"하얘…."

그 말에 상관 말라고 하려다가 거울에 비친 모습이 너무 초라해서 입을 다물었다.

하루미가 한숨을 쉬고 유리코 어깨에 손을 뻗었다.

"꼬리…."

"꼬리?"

아마 묶어놓은 머리를 가리키는 모양이다.

"꼬리, 일 났어."

"일 났어? 어떻게 일 났는데?"

"완전 큰일 났어."

"완전 큰일 났다네."

하루미가 손으로 가위바위보의 가위를 만들며 머리끈을 자르는 시늉을 했다. 묶지 말라는 의미 같다. 그리고 다시 팔을 뻗어서 정수리를 가볍게 톡톡 쳤다.

"유리코… 실망이야."

"다 나이 먹잖아. 스무 살 때 사진을 보고 비교하면 어쩌라고."

하루미가 집게손가락을 가볍게 흔들었다. 빨려들 듯한 그 눈을 마주했다. 아무래도 머리를 염색하고 풀면 괜찮을 거라고 말하고 싶은 모양이다.

화가 치밀었다. 가까이에서 보면 아주 예쁜 눈과 머리를 한 청년이었다. 그 모습에 유리코는 이내 조금 부끄러워졌다. 하긴 지금 자신은 단정한 데라고는 눈 씻고 봐도 없었다.

하루미가 즐겁게 운전했다. 그리고 커다란 미용실 앞에 자동차를 세우더니 손가락으로 가리켰다.

"됐어, 괜한 참견 마."

말과는 반대로 약간 소심해져 자동차에서 내렸다. 무시하려고 했지만, 하루미가 빨리 가라는 듯 계속 미용실을 손가락으로 가리켰고 팔짱을 끼었다. 그 건장해 보이는 팔을 보니 왠지 거역하지 못하고 미용실 앞으로 갔다.

손잡이를 잡고 돌아봤다.

하루미가 갑자기 고개를 치켜들고 웃었다. 성숙해 보이는 웃음이었다.

미용실은 아주 한산했다. 커트와 염색하는데 별로 기다리지 않았다.

그런데도 유리코는 시간이 아주 많이 지난 듯했다.

계산하러 가면서 잡지가 꽂힌 선반 앞을 지났다. 그곳에 있는 여성 주간지들 표지에 '불륜, 빼앗는 사랑'이라는 글자를 보고 걸음을 멈췄다.

한기가 발에서 등으로 스멀스멀 올라왔다.

가게 점원이 의아한 듯 유리코를 바라봤다. 당황하며 다시 걷는데 아까 받은 전화 목소리가 되살아났다.

머리에 염색약을 바르고 기다리는 사이에 접수대에 맡겨 놓았던 가방 안에서 휴대 전화가 울렸다. 처음에는 내버려 뒀는데 금방 다시 울렸다. 소리가 너무 커서 유리코는 직원에게 가방을 가져다 달라고 부탁했다.

남편 히로유키 전화였다.

자리에서 일어나 가게 밖에서 전화를 받았다.

히로유키가 낮은 목소리로 잘 지내냐고 물었다.

"그럭저럭." 유리코는 중얼거렸다.

"전에도 전화했는데." 그러면서 히로유키는 입을 다물었다. 침묵은 한동안 계속되었고 서로 할 말을 찾는 듯했다.

"무슨 일이야?" 유리코가 먼저 입을 열었다.

"별일은 아닌데…."

히로유키는 나흘 전 도쿄에서 아버지를 봤다고 했다.

"잘못 봤겠지." 유리코 기억에 최근 며칠 동안 아버지는 집에 있었고 멀리 외출한 낌새는 없었다.

"식사 때도 항상 계시고, 그런 말 못 들었어."

분명히 아버지였다고 히로유키는 말했다. 빗속에 아버지가 아이스박스를 안고 회사 앞에 서 있었단다.

"뒤쫓으려고 했는데…."

히로유키가 말을 흐렸다. 아유미가 약간 흥분해서 불안정한 상태였기에 적절하게 대응하지 못했다고 한다.

대신 사과를 전해달라는 말이 들렸다. 새로 날 잡아서 찾아오겠다고 한다.

"괜찮아." 유리코는 아버지와 이야기하고 싶다면, 집으로 전화하면 지금은 아버지가 받을 거라고 덧붙였다.

"도저히 말 못 하겠어." 소리가 조그맣게 들렸다.

"도저히, 지금은…."

"왜?"

"모든 게 끝날 것 같아서."

"안 될 거 없잖아."

애인이 임신해서 본처가 이혼 서류에 도장을 찍고 집을 나왔다. 더 이상 뭘 바라겠는가.

"바라던 거잖아."

"이런 걸 원한 게 아니야."

"그럼 뭘 원한 건데?"

"뭐냐고 물어도…."

히로유키가 입을 다물었다.

전화를 끊으려는데 "유리코" 하고 부르는 소리가 들렸다. 유리코는 대답하지 않고 그대로 끊었다.

아버지가 도쿄에 갔을 것 같지 않았다. 자는 동안에 외출을 한 듯했지만, 저녁 식사 전에는 돌아왔다. 애당초 아버지는 멀리 나갈 기력을 아직 회복하지 못했을 터다.

계산을 마치고 미용실을 나오자, 등 뒤로 머리가 바람에 나부꼈다. 머리를 붙잡고 고무줄로 묶으려다가 그만뒀다.

노란색 비틀이 바로 앞 공터에 서 있었다.

유리코가 다가가서 차 안을 들여다보았다. 하루미가 운전석을 젖혀놓고 자고 있었다. 커다란 몸을 웅크리고 천진난만한 표정으로 눈을 감고 있다.

창문을 두드리자, 하루미가 눈을 떴다.

그리고 행복하다는 듯 웃었다.

유리코가 조수석에 올라타자, 하루미는 유리코를 보며 다시 미소 지었다. 머리가 마음에 든 모양이다. 그리고 차가 출발하는데, 집과 반대 방향이었다.

"집에 가는 거 아니야?"

"아버지가 이거."

하루미가 메모지를 내밀었다. 아버지 글씨체로 장을 봐오라고 써 있었다. 이어서 욕실 의자와 세면기, 욕조 덮개 등 생활용품이 적혀 있었다.

유리코는 메모지를 주머니에 넣고 창밖을 내다보았다.

맑은 가을 하늘 아래 자동차는 시원스럽게 전원 속을 달렸다. 수확 철을 맞아 벼들이 논 가득 황금색으로 반짝이며 흔들거렸다.

기분 좋게 의자에 기대자 덜덜거리는 진동이 전해졌다.

뒤에 엔진이 있어서라고 예전에 아버지가 말했다.

옴마는 뒤에서 열심히 밀어주는 기분이 든다며 생물 같은 차라고 했다. 창문도 수동으로 여닫아야 하고 파워스티어링도 없어 핸들 조작도 편치 않은 이 자동차를 아버지는 고물 폭스바겐이라고 거리낌 없이 불렀지만, 항상 정성스럽게 닦으며 광을 냈다. 자동차는 여전히 깨끗했고, 하루미의 운전은 느리지만 부드러웠다.

이윽고 자동차는 대형 쇼핑몰로 들어섰다.

매장으로 들어가 쇼핑 카트를 미는 하루미와 나란히 걸어갔다. 젊은 여자와 엇갈리는데 그녀가 하루미를 힐끔 쳐다봤다. 상품을 진열하던 여자 아르바이트생도 빛이 난다는 듯 이쪽을 본 다음 시선을 돌렸다.

주변 여자들의 시선을 따라서 유리코도 하루미를 올려다보고 깨달았다. 키가 크고 다부지게 생겼는데 천진난만해 보이는 이목구비는 왠지 쓸쓸해 보였다. 그 그늘이 여자들의 시선을 끌었다.

하루미를 향한 시선은 자연스럽게 유리코에게 옮겨왔다.

어떻게 보일까.

나란히 걷는 하루미를 보았다. 그는 부드러워 보이는 회색 바지에 셔츠를 바지 밖으로 꺼내서 입고 있다. 옷차림으로는 판단이 안 되지만 아마 스무 살 전후다.

애인치고는 너무 젊고 아들이라고 하기에는 너무 크다.

"몇 살이야?" 유리코가 묻자 하루미는 욕조 덮개를 집으면서 누나보다 젊다고 대답했다.

"당연하지. 보면 알아."

"보면, 알아?"

하루미가 힐끔 쳐다보았다.

"응." 유리코가 고개를 끄떡이자, 하루미가 재밌는 소릴 들었다는 듯 웃었다.

"그렇다고 웃을 건 없잖아."

"그건….."

"그건, 뭐?"

하루미가 웃으면서 카트를 계산대로 밀고 갔다. 그 뒤를 유리코가 쫓았다.

잘 웃는 청년이지만 홀로 타국에 있는 탓인지 뒷모습이 고독해 보였다. 그 분위기에 흰 셔츠가 잘 어울렸다. 그런데 물받이를 청소하면서 먼지를 뒤집어썼는지 셔츠 색이 약간 칙칙해 보였다.

계산을 마치고 두 사람은 계산대를 빠져나갔다. 휴대 전화를 들여다보던 하루미가 돌아보며 말했다.

"누나… 옷 사줘."

힘쓰는 일을 하면서 더러워지기 쉬운 옷을 입고 온 건 그의 실수다. 하지만 묵묵히 물받이를 청소하던 모습을 생각하면, 좀 미안한 생각이 들어서 의류 매장으로 갔다. 하루미는 열심히 옷을 살피더니 유리코에게 셔츠를 한 장 던졌다.

여성용 흰색 셔츠였다.

"여자 거잖아."

하루미가 고개를 끄떡이고 거울을 가리켰다.

"나? 이런 거 안 입어."

말은 그러면서도 하루미가 너무 열심이라 거울 앞에서 옷을 대봤다.

유리코 얼굴이 밝아 보였다.

하루미가 바구니를 가리켰다.

가격이 싸서 유리코는 순순히 바구니에 넣었다.

하루미가 콧노래를 부르며 매장을 이동했다. 이번에는 데님 바지를 이것저것 보더니 한 장 가지고 왔다.

"나? 안 입어. 이런 거."

하루미가 페인트칠하는 시늉을 했다.

"작업복으로 사라고?"

하루미가 고개를 끄떡였다.

"그럼 이 셔츠는?"

"커플룩."

"커플룩?"

되묻는 유리코를 보며 하루미가 활짝 웃더니 자신이 입은 흰 셔츠를 잡아당겼다.

"왜 너랑 커플룩이야?"

순간 하루미 얼굴이 쓸쓸한 빛을 띠었다.

"그래, 알았어."

데님 바지를 입어보자, 밑단이 조금 길었다. 그래서 점원에게 수선을 부탁하는데 하루미가 바지를 하나 들고 피팅룸에 들어갔다.

그러더니 금방 나와서 어떠냐는 표정을 지었다. 유리코는 고개를 끄떡이면서 하루미는 바짓단을 전혀 자르지 않아도 괜찮다며 감탄했다.

하루미가 피팅룸에서 다시 갈아입고 나오더니 입어본 바지를 바구니에 넣었다.

"아버지."

"아버지 거?"

하루미가 고개를 끄떡였다.

"사이즈가 맞을까?"

"같아."

하루미가 자신이 입고 있는 바지를 잡아당겼다. 아마 아버지 옷을 빌려 입은 모양이다.

"우리 아버지 다리가 그렇게 길었어?"

하루미가 어깨를 가볍게 으쓱이더니 걸어갔다. 유리코는 뒤쫓으면서 뒷모습을 바라보았다.

하긴 아버지는 하루미와 어깨를 나란히 했고 그 나이대치고는 체격이 컸다.

옴마는 그런 아버지에게 첫눈에 반했다고 했다.

생각한 적도 없지만, 아버지는 젊었을 때 저런 모습이었을까.

설마, 하고 가볍게 웃었다. 애당초 얼굴 크기가 다르다.

하루미가 티셔츠 매장으로 들어갔다. 그리고 "줄무늬, 줄무늬" 중얼거리더니 감색 바탕에 흰색 줄무늬 티셔츠를 한 장 들고 왔다.

"싸."

티셔츠를 할인하고 있었다. 세 장을 사면 네 장째는 반값이다.

"그렇게 많이 필요 없어. 온통 줄무늬잖아."

하루미가 갑자기 가격표를 봤다.

"혹시… 갖고 싶어?"

하루미가 희미하게 웃었다. 그 표정을 보니 말이 멋대로 나왔다.

"그래, 사자. 사이즈 골라봐."

하루미는 자신에게 맞는 사이즈로 두 장, 그리고 사이즈 표를 보더니 한 장 더 바구니에 넣었다.

쇼핑몰에서 돌아오자 거의 저녁 무렵이었다.

사 온 물건들을 꺼내놓는데 아버지가 티셔츠를 집어 들었다.

"왜 이렇게 온통 줄무늬냐? 얼룩말이네."

웃어야 하나? 하고 이모토가 유리코를 쳐다보았다.

말없이 도리질하고 아버지와 이모토에게 줄무늬 티셔츠를 건넸다.

이모토가 어리둥절하더니 기쁘게 옷을 치켜들었다.

"와아, 내 것도? 고마워요. 유릿치 언니."

"너희랑 커플룩 하라고? 왜?"

"저도 그 얘기했어요. 똑같은 소리요."

"싫어?" 하루미가 물었다.

"나이를 생각해야지, 나이를. 내가 이 나이에 이런 줄무늬를 어떻게 입냐. 야, 이모토. 지금 여기서 갈아입는 거냐?

저쪽 가서 갈아입어."

유리코는 사 온 물건들을 정리하자 약간 피곤이 몰려왔다. 천천히 2층으로 올라가서 미닫이문을 열었다.

그런데 놀라서 그 자리에 우뚝 멈춰 섰다.

썰렁했던 방이 다른 공간처럼 밝아져 있었다.

새하얀 레이스 커튼이 창에서 흔들리고 있었다. 다다미에는 옅은 풀색 카펫이 깔려 있었고, 구석에 놓여 있던 운동 기구 등은 사라지고 그 자리에 작은 화장대와 책상이 놓여 있었다.

방에 들어가 책상 앞에 섰다. 감색과 흰색 줄무늬 셔츠를 입은 이모토와 하루미가 계단을 올라왔다.

"어때요, 어때?" 이모토가 까치발을 들면서 하루미에게 어깨동무했다.

"언제 올지 몰라서 얼마나 조마조마했는데요. 깜짝 놀라게 해주고 싶어서 하루미에게 무조건 시간 좀 끌라고 계속 문자 날리고. 하루미, 정말 열심히 잘했어."

"고마워." 유리코가 인사하고 고개를 숙였다.

이모토는 "내가 아니에요" 하며 웃었다.

"료헤이 아저씨가 대활약했어요. 하루미와 료헤이 아저씨 둘이 영차영차 물건 옮기고."

책상 위에는 새 메모장과 필기구 등이 놓여 있었다. 분명 오늘 아침, 비틀 뒷좌석에 있던 봉지 속 물건들이다.

유리코는 넘치는 호의와 웃는 얼굴에 어찌할 바를 몰라 하며 레이스 커튼을 만졌다. 그러던 중 창밖 마당에 아이스박스를 건조시키는 광경이 눈에 들어왔다.

커다란 파란색 아이스박스로, 뚜껑이 열린 채 장대에 기대어 세워져 있었다.

유리코는 히로유키의 전화를 떠올렸다. 며칠 전, 분명히 아버지는 친구에게 생물 사백어를 전해주러 갔다고 했다.

계단을 올라오는 발소리가 들리고 아버지가 방을 들여다봤다.

아버지는 엄한 얼굴로 카펫 색이 별로냐고 물었다. 사실은 분홍색으로 하려고 했는데 이모토와 하루미가 말린 모양이다.

"마음에 드냐?" 아버지가 물으며 어색하게 웃었다.

마치 야윈 몸이 삐그덕거리는 소리를 내듯이.

그 순간, 아버지가 빗속에서 아이스박스를 안고 히로유키 회사 앞에 서 있는 모습이 떠올랐다.

사실, 연회 준비를 돕는 건 아무렴 상관없다.

다만 아버지는 이 집에 있으라고 말하고 있다.

어떻게 살지 결정하는 그날까지.

고개를 숙이자 옅은 풀색 카펫이 눈에 가득 들어왔다.

아버지는 이 방을 깨끗하게 했으니까 이제 벽과 지붕을 새로 칠하겠다고 말하고 있다. 하루미가 자기에게 맡기라는 듯한 목소리를 냈다.

49재의 대연회.

뭔지 잘 모르겠다.

그런데 그 연회가 옴마의 마지막 바람이라면. 그리고 그걸 모두 함께 이루려고 한다면.

이 집에 있을까.

있는 게 좋을까.

있어도 될까?

고개를 들자, 아버지는 이모토와 하루미 사이에서 웃고 있었다.

유리코가 연회 준비를 돕기로 정한 다음 날 아침, 아버지는 슬슬 연회 당일 계획을 세우자고 말했다. 그래서 옴마의 작업실에서 점심을 먹으며 다 같이 의논하기로 했다.

이모토와 함께 지라시 초밥을 만들어 작업실로 갔다. 정오가 좀 지난 방은 따뜻한 빛으로 가득 차 있었다.

옴마의 책상 위에는 생전 그대로 그림 도구가 놓여 있었다. 책상 옆에는 작은 책장이 놓여 있고 책과 파일 등이 꽂혀 있었다.

유리코는 별로 식욕이 없어서 모두에게 양해를 구하고 금방 젓가락을 내려놓았다. 그리고 차를 준비한 다음 무심코 책장에서 책을 하나 꺼냈다. 외국 그림책이었다.

사서가 될 정도로 유리코는 책과 연관되는 게 좋았다. 그런데 한동안 아무것도 읽지 않고 있다.

언제부턴가 글자를 읽는 행위가 귀찮았다. 즐거운 이야기는 공감이 가지 않았고, 어두운 이야기는 한없이 가라앉았다. 그런데 방금 집어 든 외국 그림책은 고양이 그림이 아주 사랑스러워서 계속 페이지를 넘겼다.

약간 마음이 누그러져 책을 제자리에 꽂았다. 책상 위에 놓인 방대한 카드집이 눈에 들어왔다.

'생활 레시피'라고 적혀 있다.

어느 틈엔가 아버지는 아침 시장에서 장 보는 걸 익히고, 요리와 청소, 세탁 등을 손수 하고 있었다. 그 옆에는 항상 옴마가 그린 이 카드가 있었다.

레시피집은 처음에 단어 카드처럼 은색 고리가 끼어져 있던 것 같은데, 지금은 그 고리를 빼냈다. 아버지가 작업할 때 해당 항목을 옆에 꺼내놓고 보기 쉽게끔 해놓은 모양이었다.

유리코는 카드 한 장을 집어 들었다. '기운이 나는 수프 레시피'라고 적혀 있었다.

제목 옆에 포니테일을 한 소녀가 공굴리기하듯 감자를 굴리고 있었다. 그 아래에는 같은 소녀가 마늘을 짊어지고 경쾌하게 달리고 있다.

아마 조그마한 소녀가 수프를 만들려는 모양이다. 그 모습은 어릴 때 자신과 조금 비슷했다.

레시피에 적힌 대로 소녀는 큼지막한 식재료와 씨름하고, 마지막에는 사다리를 타고 올라가 커다란 냄비를 젓고 있었다.

열심히 하는 소녀의 표정이 귀여워서 잠시 바라보았다.

무심코 카드를 뒤집자, 구석에 작은 그림이 있었다. 초승달을 머리에 장식한 청년이 맛있게 수프를 마시고 있다. 그 어깨에 소녀가 달랑 앉아 있었다.

아무래도 소녀는 초승달을 머리에 장식한 청년에게 주고 싶어서 수프를 열심히 만든 모양이다.

유리코는 자신도 모르게 미소 짓고 있었다. 레시피의 삽화 같으면서 자세히 들여다보면 작은 이야기가 곳곳에 숨어 있는 듯하다.

재미있어서 다른 카드를 집었다. 그때 아버지가 차를 달라고 했다.

"자, 모두 배가 든든하게 찼으면 슬슬 본론으로 들어갈까. 이봐, 하루, 더 먹는 건 좋은데 위에 놓인 달걀지단만 가져가지 마라."

"일 났네, 일 났어."

"왜? 뭐가 입에 안 맞나?"

"맛있어서 자꾸 손이 간다고 하는데요, 료헤이 아저씨."

"잘됐네. 그런데 그 말 참 편리하구나. 먹으면서 해도 좋으니까 조금씩 생각해 보자."

그러면서 아버지가 카드 한 장을 꺼냈다.

'49일의 레시피'라는 제목이었다.

거기에는 요리 레시피 몇 개와 함께 차분한 법회보다는 모두 즐겁게 마시고 노래하면서 크게 연회를 열면 기쁘겠다는 내용이 적혀 있었다.

다른 카드들은 내용이 아주 꼼꼼한데, '49일의 레시피'는 연회 내용에 관해서 별로 자세히 적혀 있지 않았다.

유리코는 차를 마시면서 생각에 잠겼다.

대연회라고 하면 유카타*를 입고 요리가 차려진 상 앞에 앉아서 식사하는 이미지가 떠올랐다. 그런데 그런 연회에는 가본 적이 없다. 그런 곳에서 사람들은 무엇을 할까.

이모토도 똑같이 느꼈는지 식사와 술만으로는 연회가 되지 않을 거라고 했다.

"생각해 봤는데에."

이모토가 어미를 길게 늘어뜨리며 팔짱을 끼었다.

"연회에는 뭔가 장기 자랑 같은 게 필요하지 않을까요?"

"장기 자랑이라면 숨은 개인기 같은 거?"

"네." 이모토가 진지한 얼굴을 했다.

"유릿치 언니, 개인기 있어요?"

"없어. 아버지는요?"

"법회에서 할 만한 건 없다. 하루, 뭐 있냐?"

"무예대식無芸大食**."

하루미가 초밥을 그러모으며 고개를 저었다.

"무예대식…." 따라 하던 아버지가 신음했다.

• 기모노의 일종으로 축제 때 자주 입는다.
•• 많이 먹는 것 이외에는 재주가 없다는 뜻이다.

"어려운 말을 아는구나, 하루."

"덩칫값도 못 하는 인간…."

"너, 직장에서 왕따당했냐?"

"체격이 크면 그런 말 듣지" 하고 아버지가 한숨을 쉬었다. 그리고 입고 있던 줄무늬 티셔츠를 잡아당겼다.

"넷이 줄무늬 셔츠 입고 수염 달고 춤이라도 출까."

"이 화장에 수염은 심한데요."

"나, 그때 없어."

"아버지, 진지하게 생각하세요."

그 말에 아버지가 입을 다물었다.

"그럼 선물은?" 물으며 이모토가 아버지를 보았다.

"보면 이야기가 활기를 띨 수 있는, 깜짝 놀랄 만한 걸 주면 돼."

"깜짝 놀랄 만한 선물." 아버지가 중얼거렸다.

"그럼 이건 어떠냐. 내용은 안 봤는데… 아무래도 오토미는 자기 회상록을 책으로 내고 싶었던 모양이야."

아버지가 '회상록'이라는 스티커가 붙은 종이 상자를 책상 밑에서 꺼내 뚜껑을 열었다.

안에는 자비 출판사 연락처와 사진 몇 장 그리고 원고지가 뒤집혀 있었다.

아버지가 가만히 원고지를 다시 뒤집었다.

원고지 한가운데에 1930년대 연호와 '하세가와 오토미. 고베에서 태어나다'라는 굵은 글씨가 있었다.

"오오!" 탄성이 흘러나왔다.

두 장째를 넘겼다.

그러자 '1973년, 오토미 서른여덟 살에 아쓰타 료헤이와 결혼'이라고 되어 있었다.

"어쩐지 상당히 건너뛰었는데."

아버지가 중얼거리면서 세 번째 장을 넘겼다. 그러자 원고지를 누르는 왼손과 찻잔 그림이 나왔다.

네 번째 장은 텅 비어 있었다.

하루미가 나머지 원고지를 얼른 훑었다.

"새하얘."

"뭐한 거야, 오토미. 제대로 썼어야지."

"옴마, 무슨 일 있으셨나."

"시작을 고민했을지도."

그 말에 유리코는 손가락 주름까지 세밀하게 그려진 그림을 바라보았다.

맞는 말일지도 모른다. 분명히 옴마는 시작을 고민했고, 그러다 눈에 띈 자기 왼손을 기분 전환 삼아 별 의미 없이 그리기 시작했다가 멈추지 못한 것이다. 대각선 밑에 그려진 찻잔도 분명 같은 이유다.

"아, 근데 이 문장, 어쩐지 '발자국'과 비슷해요."

원고지를 든 이모토가 말했다.

"그게 뭐냐?" 아버지가 물었다.

"오토미 선생님, 리본 하우스 여자애들이 정신 차리고 하우스를 떠날 때 꼭 '발자국'을 줬어요. 이 정도 크기의 스크랩북에….."

"이거, 이거," 하고 이모토가 책장에 있던 스크랩북을 들고 왔다. 유리코가 받아서 펼쳤다.

페이지를 넘기자, 맨 처음에 '스도 미카 씨'라는 이름이 쓰여 있었다.

다음 페이지에는 '1987년, 요코하마에서 태어나다'라고 적혀 있고, 태어난 날의 신문 칼럼을 복사해서 붙여뒀다. 그리고 그날의 주요 뉴스가 손 글씨로 쓰여 있었다.

그다음 페이지는 '1988년, 미카 한 살'로 아기 그림이 그려져 있었다. 그림 아래에는 '1988년 뉴스'가 있고, '아카시야 산마와 오타케 시노부 결혼!', '세이칸 터널 개통', '히카루겐지 폭발적 인기'라고 쓰여 있었다.

아무래도 이 '발자국'은 한 페이지를 일 년으로 해서 위에는 '스도 미카'의 지난날과 일러스트, 아래에는 그해에 일어난 일들이 적힌 듯했다.

"이거요, 보면 이야깃거리가 꽤 많아요."

이모토가 페이지를 넘겼다.

"졸업이 결정되면 선생님이 이걸 가지고 와서 그 애한테 위에 적을 걸 물어봐요. 다 같이 넘기면서 '아아, 이때는 이게 유행했지'라던지 '이런 사람 있었어'라고 하면서 이야기가 엄청 활기를 띠어요. 떠올리고 싶지 않은 해도 있지만 밑에 있는 뉴스라고 할까, 그걸 보면 조금, 한두 개는 즐거웠던 게 생각나요. 게다가 자기가 어릴 때 세상에 어떤 일이 있었는지 모르니까 그런 것도 왠지 재미있고요."

"그야 그러겠지" 하고 아버지가 '발자국'을 보았다.

"오호, '1989년, 미카 두 살', 헤이세이● 시작, 미소라 히바리●● 별세…. 히바리가 헤이세이 원년에 죽었구나."

다시 "오호" 하고 한숨을 내쉬며 아버지가 말했다.

"이거 꽤 괜찮은걸."

"그쵸? 좋죠?" 하고 이모토가 웃었다.

● 1989년부터 2019년까지 이어진 일본의 연호.
●● 국민 가수라 불렸던 일본의 엔카 가수.

"밑에 써진 일도 그 애한테 맞춰서 고른 거 같아요. 마지막 페이지에는 리본 하우스에서 열린 생일 파티나 크리스마스에 찍은 사진도 붙여줬어요."

아버지가 '발자국'의 뒤쪽 페이지를 넘겼다. 옆에서 하루미가 들여다보았다.

이모토 말대로 사진이 많이 있었다.

아버지가 사진을 한 장 떼어냈다.

소녀와 옴마가 고기 호빵을 만들면서 웃는 사진이었다. 날짜는 세상을 뜨기 3일 전이었다.

유리코는 텅 빈 원고지와 스크랩북을 보았다.

"옴마…, 다른 사람들 회상록은 많이 만드셨는데 정작 당신의 '발자국'은 못 만드셨네요."

"그러게…." 아버지가 팔짱을 끼었다.

"그럼 어디 한번 만들어볼까."

"71년분…" 하고 이모토가 아련한 눈을 했다.

"근데 료헤이 아저씨, 그거 만들어서 어떻게 할 건데요?"

"복사해서 선물로 나눠줄까?"

"남의 '발자국'을 받아도 그게 좀."

발자국, 자기 역사, 연표.

유리코는 그런 생각을 하다가 몇 년 전에 기획한 도서관

전시물을 떠올렸다.

"그러면 그 '발자국'을 전지에 작성해서 벽에 붙이는 건 어때요? 각 연대의 옴마 사진을 잔뜩 붙여서요."

도서관에서 일할 때 아이들을 위한 전시 기획으로 석기시대부터 현대에 이르기까지 연표를 전지에 써서 벽 전체에 붙인 적이 있었다. 입구 문을 열면 원시시대가 시작되고 벽에 붙인 연표를 순서대로 따라가면서 그 시대에 발생한 일이나 관련 책 제목을 읽어가다 보면 어느새 현대가 되고 출구에 도착한다는 식이었다.

그 연표 안에 퀴즈를 넣어서 상품도 주고 귀신의 집처럼 조명을 약간 어둡게 해서 손전등으로 비춰가며 글을 읽게 한 분위기가 적중해 아이들이 즐거워했다.

그때의 광경을 떠올리자 미소가 지어졌다. 귀신의 집은 무리지만 커다란 전시물을 걸어가면서 보는 건 의외로 재미있는 방법이다.

더구나 그 전시물이 누군가의 인생 연표이고, 당시에 유행한 풍속이나 사건이 함께 쓰여 있다면 보는 사람들도 그때의 자신들이 떠올라서 나름대로 즐기지 않을까.

그렇게 설명하자 이모토가 바로 찬성했다.

"괜찮은 거 같아요. 모두 하고 싶은 대로 왔다 갔다 하면

133

개인기 같은 것도 필요 없고."

"그런데 유리코, 전지를 붙이려면 공간이 꽤 넓어야 하지 않겠냐."

"불단이 놓인 방과 거실, 부엌에 있는 가구를 어딘가로 옮겨서 하나로 이어주면 어때요? 연표는 제가 전에 큰 걸 만든 적이 있어서 괜찮아요. 요령은 알아요."

아버지가 팔짱을 끼고 신음했다. 썩 내키지는 않는 듯했다. 그렇다고 다른 대안도 마땅히 떠오르지 않고, 하루미는 졸기 시작하고, 이모토가 찬성하기도 해서 결국 연회에 개인기를 펼치는 대신 옴마의 지난날을 기록한 연표를 전시하기로 했다.

그런데….

2층 창문에서 유리코는 하루미가 돌아가는 걸 배웅한 다음 밤하늘을 올려다보며 손가락을 꼽았다. 그 뒤로 열 번째 밤이었다. 그런데 좀처럼 연표는 완성되지 않았다.

눈앞에 펼쳐진 전지를 보았다.

지난 열흘 동안 하루미의 도움으로 서른여섯 장의 전지

에 연표를 적었다.

한 장을 대략 2년으로 잡고 위에서 3분의 2는 옴마의 역사, 나머지 3분의 1에는 그 시절의 풍속과 톱뉴스를 적어보았다.

그런데 옴마의 역사에 적을 내용이 별로 없었다.

결혼 전 내용이 적은 건 하는 수 없지만 이 집에 온 다음에도 여백이 많은 건 너무 쓸쓸했다.

그래서 옴마 사진이라도 많이 붙이려고 했지만, 작업실을 뒤져도 사진은 별로 나오지 않았다.

그렇다면 하다못해 자신과 찍은 사진이라도 붙이려고 했는데 함께 생활한 건 다섯 살부터 열여덟 살까지라 13년밖에 되지 않는다. 게다가 아버지가 사진을 싫어해서 함께 찍은 건 학교 입학식과 졸업식 정도밖에 없었다.

대부분 가족사진이나 비디오는 아기가 태어났을 당시엔 찍을 기회가 많지만 성장하면 별로 촬영하지 않는 것 같다. 그래서일까? 어느 정도 유년기를 거친 자신을 의붓자식으로 삼은 옴마에게 사진이 적은 것은….

연표의 방대한 여백 앞에서 눈을 감았다.

아이를 낳지 않았던 사람의 인생은 낳은 사람보다 여백이 많은 걸까.

계단을 올라오는 소리가 들렸다.

"들어가도 돼요?"

이모토가 물었다.

들어오라고 하자, 이모토가 생강차를 들고 들어왔다. 도울 일이 없으면 이제 가보겠단다.

이모토가 바닥에 펼쳐진 전지를 보았다.

"우와, 하얘. 이 연표, 위가 너무 하얘요."

"응, 하얗지? 뭔가 적을 만한 게 없을까?"

"오토미 선생님이 이것저것 많이 했지만, 전지를 채울 만한 내용은 본인밖에 모르니까."

이모토가 중얼거리더니 웅크리고 앉아서 연표를 만졌다.

"그해에는 이렇게 뉴스가 많은데."

어디선가 바람이 부는 듯했다. 유리코는 몸이 희미하게 떨렸다. 살며시 카디건 앞을 여몄다.

이모토 옆에 앉아서 유리코도 연표의 여백을 만져봤다. 싸늘하니 차가웠다.

레시피 카드를 몇 장 붙여볼까. 그런 생각이 들었을 때 말이 절로 튀어나왔다.

"그럼 편지를 붙일까?"

"바로 그거예요!" 대답하며 이모토가 웃었다.

"그거 좋아요. 생각해 보니 선생님 본업이잖아요. 근데 편지라서 보내버리고 없네요."

"있어. 집에, 도쿄 집에."

계절 인사나 아버지와의 근황 보고, 그밖에 즐거운 일이 있을 때마다 옴마는 도쿄로 그림 편지를 보내주었다. 유리코는 그 편지를 전부 소중하게 보관하고 있었다.

그러나 도쿄로 가지러 간다고 하려다가 주저했다.

아래층에서 아버지가 이모토를 부르는 소리가 들렸다.

이모토는 힘차게 대답하고는 자신도 사람들에게 물어보겠다면서 방을 나갔다.

유리코는 숄을 어깨에 두르고 창문을 열었다. 밤으로 물든 강물을 바라보았다. 여울 물소리에 섞여서 참억새 이삭이 흔들리는 기척이 났다.

그 기척에 그리움을 느껴 숄에 얼굴을 묻었다.

여름에는 수런거리는 듯한 소리를 내던 참억새는 가을이 깊어지면서 점차 메마른 소리를 낸다. 그러다 마지막에는 가볍고 공허한 기척만 항상 길을 사이에 두고 건너왔다.

어릴 때 형체는 있어도 혼이 사라져가기 시작한 마른 풀을 보면 견딜 수 없이 불안했다. 그런데 왠지 지금은 사랑스럽고 아주 친숙하다.

몇 주 전에 헤어진 시어머니와 비슷했다.

생각하지 않으려 했지만, 시어머니의 혼은 조금씩 흐릿해지고 있는지도 모른다.

시누들은 시어머니가 유리코를 그리워한다는 문자를 가끔 보냈다. 히로유키는 이혼 서류를 제출하지 않고, 두 시누에게도 아직 사정을 제대로 설명하지 않은 모양이다.

시어머니는 어떻게 지내실까.

남편은 어떻게 하고 싶은 걸까.

그 전에 나 자신은 어떻게 하고 싶은 걸까.

도쿄로 가면 그동안 보지 않으려 했던 사태에 직면해야만 한다.

유리코는 바닥에 시선을 떨어뜨리고 달빛을 튕겨내는 하얀 종이를 보았다. 어느 것에도 물들지 않는 흰색은 늠름하고 아름답지만, 그 빛은 너무 강해서 눈이 부셨다.

유리코가 도쿄에 가서 짐을 정리하고 옴마의 그림 편지를 가지고 오겠다고 하자, 아버지는 영 못마땅한 얼굴이었다. 이혼 절차는 다시 사람을 내세워서 하겠지만 우선 옴마

의 그림 편지를 가지고 오고 싶다는 말에 아버지는 마지못해 허락했다. 대신 이모토와 함께 가라고 했다.

어린애도 아니고 같이 가줄 사람은 필요 없었다. 그런데 이모토가 도쿄에 간다고 좋아하는 모습을 보자, 같이 갈 필요 없다는 말은 차마 할 수 없었다.

다음 날, 유리코는 언제나처럼 배낭을 짊어진 이모토와 도쿄로 가서 세타가야에 위치한 집으로 향했다.

불과 몇 주일 비웠을 뿐인데 낯익은 길이 서먹하게 느껴졌다. 익숙한 집이었는데 가사 대행 서비스 직원 도우미가 나오자 마치 다른 사람 집 같았다.

당연한 감각이다. 자신은 이제 여기에 사는 사람이 아니니까.

비디오테이프에 새로운 영상이 겹쳐서 사라지듯 자신이 이곳에 있었다는 기억도 점차 사라진다.

"유릿치 언니, 괜찮아요? 얼굴색 안 좋아요."

이모토가 현관문에서 얼굴만 들이밀며 말했다.

괜찮다고 대답하며 이모토를 봤다.

"왜 그래, 이모토? 들어와."

"집이 깨끗해서 왠지 긴장돼요."

그러면서 이모토는 주변을 둘러보고 신발을 벗었다.

시어머니는 잠이 든 모양이었다.

소리가 나지 않게 이모토와 함께 짐을 꾸렸다. 시어머니를 만나보고 싶었다. 하지만 금방 다시 떠날 것을 생각하면 시어머니가 잠든 동안에 나가는 편이 나을 듯했다.

그런데 짐을 챙겨서 나가려 하자 도우미가 불러 세웠다. 시어머니가 눈을 떴단다.

이모토에게 현관에서 기다리라고 한 다음 시어머니의 방으로 들어갔다. 지난번에 떠날 때보다 시어머니는 더 작아진 듯했다.

"유리코…." 시어머니가 힘없이 웃었다.

"돌아온 거니?"

시어머니는 금방 "아니구나"라며 손으로 얼굴을 감쌌다.

"너는 스스로 나간 게 아니야. 우리가 쫓아낸 거야. 몹쓸 짓을 해서."

쫓아낸다는 말이 지닌 가혹함에 유리코는 몸이 굳었다.

"짐을 가지러 왔어요."

"언제든 가지러 와도 된단다."

시어머니가 담담하게 말했다.

"히로유키는 좀처럼 돌아오지 않는구나. 그 여자애가 불안해서."

"아유미 씨는 여기 안 살아요?"

"애를 낳으면 옮겨온다고는 하던데…."

시어머니는 희미하게 웃으며 덧붙였다.

"난… 그때 없을지도."

어떻게 대답할지 곤란해서 유리코는 가만히 있었다. 시어머니가 목소리를 낮춰 물었다.

"히로유키를 만나고 갈 거니?"

대답하지 못했다.

"안 만나니?"

시어머니는 속삭이듯 말하며 테이블 위를 가리켰다.

"만약 만난다면 히로유키에게 저 카탈로그를 가져다주겠니? 부탁하마."

욕실과 화장실, 시스템키친 카탈로그였다.

"저기… 이건."

"히로유키가 리모델링을 생각하는지… 얼마 전에 영업하는 사람이 집에 놓고 가더구나."

유리코는 말없이 카탈로그를 도로 올려놓았다.

히로유키와 아유미가 새로운 생활을 꾸리는 데 필요한 카탈로그를 왜 자신이 가지고 가야 하는 걸까.

"죄송하지만, 굳이 만날 생각은…."

"그러면 그거 내 눈에 안 띄는 곳에 치워주렴… 그리고."

시어머니가 눈을 감은 채 괴로운 듯 기침했다.

유리코가 다가가자, 시어머니는 괜찮다며 손을 내젓더니 가마쿠라보리*로 만든 장의 윗단을 가리켰다.

"…저 문을 열어봐라."

문을 열자, 작은 금고가 들어 있었다. 시어머니가 시키는 대로 유리코는 금고 안에서 붉은 벨벳으로 된 작은 상자를 꺼내 시어머니에게 들고 갔다.

"이거요?"

시어머니가 전동 침대 버튼을 눌러서 상체를 일으켰다. 그리고 상자를 받아서 천천히 뚜껑을 열었다.

루비로 된 오비도메**가 들어 있었다.

시어머니가 히로유키의 할머니한테 물려받았다고 했다.

"브로치도 된단다."

시어머니가 기침했다.

"좋은 거야. 네가 가져가렴."

유리코는 말없이 고개를 저었다. 시어머니가 유리코의

---

* 조각 칠기의 한 가지.
** 기모노를 입고 허리에 두르는 끈에 사용하는 장신구.

손에 오비도메를 억지로 쥐여주었다.

"…이게 가장 값나가는 거라서."

"이러시면 곤란해요."

"너한테 아무것도 준 게 없어."

"괜찮아요."

"괜찮아. 마음에 안 들면 팔아. 차라리 팔았으면 해… 팔아다오."

시어머니가 오비도메를 쥐여주던 손을 뗐다. 떨어지려고 해서 잡았다.

"이 집안에서 내려온 거라면…."

새며느리에게, 하고 말하려다가 유리코는 말이 막혔다.

"…손주에게 주세요."

시어머니가 희미하게 웃으면서 고개를 설레설레 흔들었다. 그리고 유리코의 오른손으로 살며시 손을 뻗었다.

유리코는 말없이 그 손을 맞잡았다.

히로유키와 아유미의 사이를 알게 되었을 때 시어머니는 아들을 비난하지도 않았고 옹호하지도 않았다. 유리코가 이 집을 나간다고 했을 때도 한 마디도 말리지 않았다. 그저 미안하다고 사과만 할 뿐이었다.

가족이라고 하면서도 아내와 며느리는 역시 남일 뿐이

고, 그 자리를 대신할 사람을 쉽게 받아들이는 듯했다.

눈물이 천천히 시어머니의 야윈 뺨을 타고 흘러내렸다. 가져가라고, 시어머니의 입술이 움직였다.

"그건 네가 주인이야…."

사실은 하고 싶은 말이 많았는지도 모른다.

지금, 이 순간도.

검붉은 빛깔이 도는 돌이 빛을 받아 손 위에서 선혈처럼 반짝였다. 그 빛으로 얼마나 가격이 나가는지 드러났고, 유리코는 살며시 상자에 도로 집어넣었다.

"마음은 감사하지만 다음에요."

"다음에 언제? 늙은이한테 다시나 다음은 없어."

"비싼 것일 테니…."

"네가 주인이야."

시어머니가 상자를 억지로 떠넘겼다.

"꼭 이 집에 놔두고 싶다면 다음에 네가 히로유키에게 전해주렴. 하지만 정말 유리코 좋을 대로 해도 돼."

속삭이는데도 말투는 강경해서 유리코는 돌려주기를 주저했다.

테이블 위에 놓인 리모델링용 카탈로그를 보았다. 일단 받아두었다가 카탈로그와 함께 히로유키에게 돌려주는 게 나을지도 모른다.

인사를 하고 받자, 시어머니가 미소 지었다.

시어머니는 봄이 되면 이 집을 나가서 히로유키의 여동
생네와 함께 지낼 거라고 말했다.

"이야기는 하신 거예요?"

"히로유키한테는 했다. 미호한테는 아직 말 안 했지만."

새로운 가족을 맞이하려고 모든 일이 엄청난 속도로 바
뀌는 듯했다. 다만 히로유키의 여동생은 어머니의 바람에
뭐라고 대답할까.

가사 대행 서비스 도우미가 약 먹을 시간이라며 조심스
럽게 들어왔다. 그 참에 유리코는 시어머니 방에서 나왔다.

현관으로 가면서 카탈로그와 오비도메가 든 상자를 물끄
러미 보았다.

히로유키를 만날 생각은 없었다. 그런데 이렇게 만날 이
유가 생기자, 가슴이 두근거렸다.

세타가야의 집을 나와서 히로유키에게 전화를 걸었다.
히로유키는 유리코가 먼저 연락을 준 걸 아주 기뻐했다. 그

리고 어떻게든 시간을 낼 테니 만나고 싶다면서 당장 저녁에 약속을 잡았다.

저녁까지 여유가 있어서 이모토와 시부야로 갔다가 히로유키의 회사로 갔다. 이모토는 건물 앞에 있는 공원에서 기다리겠다고 했다.

그런데 히로유키는 아직 미팅 중이었다. 그는 회사 안에서 기다리라고 했지만 유리코는 다시 오겠다며 공원으로 갔다.

이모토는 벤치에 오도카니 앉아 있었다.

도쿄에 도착했을 때는 들떠 있었는데 이모토는 점점 얌전해졌다. 시부야에 가도 피부를 태우고 개성 있는 화장을 한 소녀들은 보이지 않았다. 단지 호기심 어린 눈길만이 이모토를 향했다. 이모토는 그러한 시선에는 익숙하지만, 도쿄에는 사람들이 너무 많아서 피곤하다며 풀이 죽어 있었다.

벤치에 다가가자, 이모토가 고개를 들고 미소 지었다.

"볼일 끝났어요?"

"미팅이 길어지나 봐. 미안해. 조금 더 기다려줄래?"

유리코는 이모토 옆에 앉았다. 어린 소녀와 엄마가 눈앞을 가로질러 갔다. 공원에서 놀았는지 소녀는 작은 플라스틱 양동이와 삽을 들고 있다.

두 사람은 손을 잡고 천천히 걸어갔다. 유리코는 멍하니 그 모습을 바라보았다.

꿈속처럼 따사로운 풍경이었다.

노골적인 시선이었던 것 같아서 유리코는 고개를 돌렸다. 건물에 걸린 현수막이 눈에 들어왔다. 히로유키의 입시 학원에서 원생들을 모집하려 만든 것으로 꿈은 이루어지고 노력은 보상받는다는 내용이 쓰여 있었다.

유리코는 그 글자들을 응시했다.

처음에는 작은 학원에서 시작했는데, 이제 유아교육이나 해외 유학 알선에 이르기까지 업무를 확장했다. 출산율 저하라고 해도 교육비를 아끼지 않는 가정은 반드시 있고, 히로유키의 학원은 그러한 사람들의 기대에 부응하며 실적을 올리고 있었다.

이모토가 유리코 소맷자락을 잡아당겼다.

"왜 그래요? 유릿치 언니."

자신도 모르게 계속 현수막을 올려다보고 있었나 보다. 이모토가 걱정스러운 얼굴로 유리코를 봤다.

"아니야, 아무것도… 괜찮아."

"뭔가 재미있는 거라도 있어요?"

이모토가 고개를 들었다.

"아니, 그냥 현수막을… 보고 있었어."

"현수막?" 이모토가 중얼거렸다.

"아아, 저거. 꿈은 이루어진다! 기합이 들어 있는데요."

"꿈은 이루어지고 노력은 보상받는 거라면… 꿈을 이루지 못한 사람은 노력이 부족했던 걸까."

"그럴 리가요." 이모토가 웃었다.

"그런 식이면 올림픽 참가자들은 모두 금메달이게요? 모두 같은 걸 꿈꾸는 거예요. 노력하지 않는 사람은 없고."

"가장 노력을 많이 한 사람이 이긴다는 게 아니야?"

"아, 이래서 안 된다니까." 이모토가 어깨를 움츠렸다.

"그런 겉만 번지르르한 소리를 하는 사람이 있어서 성실한 사람이 괜한 걱정하는 거예요. 잘 안되면 자기 자신을 탓하게 되는 거고. 제발 진짜 사실을 적어주면 좋겠어요."

"사실이라니?"

"꿈은 이루어지지 않을 때도 있다. 노력을 보상받지 못할 때도 있다. 반드시 정의가 이기지는 않는다. 하지만 해보지 않으면 모른다. 자, 열심히 노력하자."

"의욕이 사라지는 걸…."

이모토가 웃었다.

"그런 현수막은 안 될까요?"

"우선 아이들한테는 저대로가 좋은 거 같아."

"그러네요." 이모토가 고개를 끄떽였다.

"어른들의 비밀로 해두죠. 사탕, 먹을래요?"

이모토가 주머니에서 사탕을 꺼냈다.

박하사탕이었다.

왠지 그리운 맛이 났다. 그런 생각을 하면서 씹었는데 누군가 유리코를 부른 듯했다.

"유리코." 부르는 소리가 위에서 들렸다.

현수막 옆에서 히로유키가 고개를 내밀고 있었다. 유리코가 쳐다보자, 창문 밖으로 히로유키가 손을 흔들었다.

"이번에는 뭐예요?" 물으며 이모토가 올려다보았다.

"남편…."

"유리코!" 히로유키가 다시 큰 소리로 불렀다.

"잠깐만. 금방 내려갈게. 거기서 기다려."

"아아, 저기" 하고 이모토가 연신 고개를 끄떽였다.

"자르지 못하는 남자. 자르지는 않아도 차버릴까요?"

"아니, 괜찮아."

"아쉽네요." 이모토가 웃으면서 일어났다.

"그럼 저는 저쪽에 있을게요. 걷어찰 때 불러요."

이모토는 구석으로 가서 그네에 앉았다.

히로유키가 건물에서 나와 공원으로 뛰어왔다.

"미안, 기다리게 해서."

히로유키가 숨을 헐떡였다. 유리코는 그 얼굴을 가만히 보았다. 상당히 야위었다.

히로유키가 숨을 고르면서 유리코 옆에 앉았다. 그리고 가슴을 누르더니 고개를 숙였다.

"어디 안 좋아?"

"괜찮아." 히로유키가 대답하면서 고개를 들었다. 그의 시선이 유리코의 얼굴 근처에서 흔들렸다.

"머리… 풀었네."

"그게 낫다고 해서."

"그래." 히로유키가 중얼거렸다. 어쩐지 그의 등이 조금 구부정하게 꺾였다.

유리코는 하늘을 올려다봤다. 검붉은 빛으로 물들며 희미하게 어둠이 다가오고 있었다.

히로유키는 계속 헐떡거렸다. 엘리베이터가 느려서 계단을 뛰어 내려온 모양이다.

띄엄띄엄 말하는 히로유키의 굽은 등을 보고 있자니 가슴에 무언가가 복받쳤다.

이 사람의 젊은 시절을 알고 있다.

계단 정도는 아무렇지 않게 뛰어 내려오던 시절을.

그때 자신은 이 사람의 모든 걸 차지하고 있었다. 대학에서 알게 된 히로유키는 다섯 살 많기도 해서 유리코는 여동생처럼 귀여움을 받으며 결혼 생활을 보냈던 듯하다.

금실 좋게 지냈다. 30대가 되어 자식이 없다는 사실에 초조해지기 전까지는. 아이가 좀처럼 생기지 않았을 무렵, 히로유키는 함께 골프를 배우고 외국 여행을 가자고 유리코에게 제안한 적이 있었다. 하지만 유리코는 모두 거절했다. 치료를 그만둔 뒤로는 우울해서 축 처져 지냈다.

반년 전 히로유키가 귀여운 강아지를 사 왔다. 당시 수조에서 기르던 애완동물을 막 잃었을 때라서 유리코는 강아지에게 마음이 가지 않았다. 그때 히로유키는 안타까운 얼굴을 하고 있었다. 한동안 그는 혼자서 강아지를 돌보다가 결국 가게에 돌려주었다. 기억한다는 건 유리코 스스로도 잘못했다고 생각하는 것이다.

기침하는 히로유키의 등을 가만히 문지르자, 히로유키가 고개를 들었다.

"유리코." 그 따뜻한 목소리에 굳어 있던 마음이 풀렸다. 그런데 말은 이어지지 않았다. 히로유키는 불현듯 눈을 가늘게 뜨더니 인상을 찌푸렸다.

그 시선을 따라가자, 공원 맞은편 맨션에서 흰색 원피스 차림을 한 여자가 나오는 모습이 보였다. 윤기 나는 곱슬머리가 얼굴 주변에서 소용돌이치고 있었다.

아유미였다.

"자기야!"

아유미가 소리 높여 불렀다.

"뭘 그렇게 몰래 만나고 그래요?"

"몰래 만나긴 누가 몰래 만난다고!"

그네 사슬이 삐걱거리는 소리가 들렸다. 이모토가 일어나서 그네를 타고 있었다.

아무래도 상황을 엿보는 모양이다. 유리코는 정신을 차리고 쓴웃음을 지으면서 아유미에게 말했다.

"난 어머님이 부탁하신 카탈로그를 전해주러 온 것뿐이에요. 가려던 참이에요. 리모델링 회사 사람이 번갈아 가면서 견적을 뽑겠다며 집에 오는 모양인데, 어머님이 조금 곤란해하시는 거 같아."

히로유키가 조그맣게 말했다.

"유리코, 전화로도 말했지만, 리모델링이라니? 왜 어머니가 카탈로그를? 난 전혀 모르는 일이야."

"내가 전화했어요."

아유미가 살짝 입을 삐쭉거렸다.

"싫단 말이에요."

"누구 맘대로 리모델링이야? 남의 집 가지고."

"이제 남의 집 아니잖아요."

"어떻게 그럴 수가." 히로유키가 중얼거렸다.

"우리 집은 화장실과 욕실 모두 처음부터 디자인을 골라서 한 건데."

세타가야의 집을 지었을 때 히로유키와 둘이 욕실과 부엌 등의 설비와 벽지 색을 골랐다. 정말 즐거운 작업이었다.

"왜 멋대로 그래?"

"전처가 사용하던 화장실과 욕실을 쓰고 싶지 않았겠지."

유리코의 목소리가 유난히 심술궂게 울렸다.

"남이 입던 속옷을 빨았다고 해서 입고 싶지 않은 것과 같은 게 아닐까?"

아유미는 그 말을 모른 척 흘려버리고 히로유키의 팔짱을 끼었다.

"화내지 마요. 그 집, 생기가 없잖아요. 거기 가면 나, 기분이 가라앉아요. 깨끗하지만 왠지 싫어. 거기서 살아야 한다면 내 색깔로 바꾸고 싶어."

"내 색깔이라."

"나는 거기서 살라고 한 적 없어."

히로유키의 목소리가 거칠어졌다.

"그런 말 하지 마요." 아유미가 웃었다.

"응? 리나를 위해서도."

"여자애구나." 유리코가 중얼거렸다.

이름도 정했구나.

리나…. 왜일까. 별로 부럽지 않다.

히로유키가 아유미의 팔을 뿌리치고 카탈로그를 옆에 있던 휴지통에 버렸다. 그 손을 잡고 아유미가 말했다.

"내 말 좀 들어봐요, 자기야, 선생님. 버리지 마요. 선생님 집에서 눅눅한 냄새가 나요. 침체한 냄새랄까, 기분 나빠져."

"우리 어머니를 나쁘게 말하지 마."

"나쁘게 말 안 했어요. 난 공기를 말하는 거예요."

"집에 환자가 있어서 나는 냄새야."

히로유키가 으르렁거리듯 말했다.

"하지만 환자 탓이 아니야. 유리코가 있을 때는 그런 냄새 안 났어."

아유미는 입을 다물었다.

"그리고 난 거기서 살아달라고 한 적 없어."

"그게 무슨 말이에요? 이 여자와 헤어지지 않겠다고요?"

154

'끼익, 끼익' 하고 무언가가 삐걱거리는 소리가 났다. 돌아보자, 이모토가 노랑머리를 흩날리며 맹렬한 기세로 그네를 타면서 이쪽을 엿보고 있었다.

유리코는 이모토를 향해 가볍게 손을 흔들었다. 그리고 히로유키에게 인사했다.

"이제 갈게."

"잠깐만."

아유미가 유리코 어깨를 붙잡았다.

그 강한 힘에 반사적으로 말이 튀어나왔다.

"이 손 놓으세요."

"너무해. 무슨 말을 그렇게 해. 아직 얘기 안 끝났잖아."

"난 끝났어요."

그네가 삐걱거리는 소리가 한층 커졌다.

이모토가 소리쳤다.

"유릿치 언니, 괜찮아요?"

"쟤는 뭐야?"

"내 친구."

"유리코 친구?"

"원래는 옴마의⋯."

"장모님?"

이모토가 노랑머리를 휘날리며 손을 흔들었다. 그리고 그네에서 내리려고 했지만, 너무 세게 타던 중이라 얼른 멈추지 못했다.

"유릿치 언니, 잠깐 기다려요. 잠깐만."

"아무튼 이만 갈게요."

"가지 마!"

아유미가 목소리를 높였다.

"당신 말야, 이제 그만 이혼 서류에 도장 찍지 그래? 우리가 결혼 못 하잖아."

"서류는 히로유키 씨에게 이미 줬거든요."

아유미의 눈이 휘둥그레져서 히로유키를 쏘아보았다.

"거짓말."

"거짓말 아니에요. 이만 갈게."

그네는 멈췄지만, 내린 순간 이모토는 비틀거렸다. 땅이 흔들린다며 중얼거리고 있었다.

유리코는 허둥지둥 이모토에게 다가갔다.

"말도 안 돼!" 부르짖는 소리가 들렸다.

마치 비명 같았다.

"말도 안 돼" 하는 소리가 몇 번이나 반복되더니 이번에는 애원하는 말투가 됐다.

"왜 거짓말했어요? 왜 저 여자가 이혼 안 해줘서 결혼 못 한다고 해요? 당신은 언제까지 날 이렇게 내버려둘 거예요? 응? 왜요?"

돌아보자, 아유미가 히로유키에게 따지고 있었다.

"아, 정말 싫어!" 아유미가 히로유키의 가슴을 때렸다.

"정말 싫어. 왜, 어째서."

우는 듯했다.

히로유키가 아유미의 손을 잡았다. 그 순간 아유미의 손에서 무언가가 떨어졌다.

"선생님, 정식으로 결혼 안 해주면 나 죽을 거예요. 아기와 죽을 거야. 진짜 거짓말 아니에요. 만약 내가 죽으면 평생 선생님을 저주할 거야."

"혼인신고 해줘요!" 아유미가 소리 질렀다.

이모토가 한숨을 내쉬며 짐을 들고는 돌아가자고 했다. 그때 아유미가 소리쳤다.

"가지 마, 당신들. 나랑 같이 가. 내가 보는 앞에서 이혼 서류에 도장 찍어."

아유미를 붙잡고 있던 히로유키가 튕겨 나갔다. 아유미는 조금 전에 떨어진 걸 재빨리 주워서 무언가를 빼더니 다시 소리쳤다.

"안 오면, 안 오면, 안 오면."

그리고 아유미는 무언가를 쳐들며 손목을 찌르려고 했다. 히로유키가 움켜잡으며 그걸 뺏으려고 했다.

"아얏" 하는 소리가 들리고 히로유키가 주저앉았다.

"안 오면… 안 오면."

아유미가 아이처럼 흐느꼈다.

유리코는 왠지 무서워서 그 자리에 얼어붙었다. 아유미가 이쪽을 쳐다보고 소리쳤다.

"빨리 와."

이모토가 유리코 손을 잡아끌었다.

"유릿치 언니, 내버려둬요."

"신경 쓰여서." 유리코는 중얼거리고 조용히 두 사람에게 다가갔다.

아유미는 흐느끼고, 히로유키는 넥타이로 팔을 묶고 있었다.

"왜 그래?"

"별거 아니야. 끝에 조금 찔린 것뿐이야."

"무슨…"이라고 말하다가 유리코는 입을 다물었다. 그 옆에는 히로유키가 항상 양복 윗주머니에 꽂아두며 애용하는 만년필이 떨어져 있었다.

사사하라 아유미의 맨션은 공원을 사이에 두고 히로유키의 직장 맞은편에 있었다. 1층에는 패밀리 레스토랑과 편의점이 있다.

여기라면 불륜을 저지르기도 상당히 편했을 것이다. 아유미의 집 앞까지 오자, 그렇게 비아냥거리고 싶었다.

이모토는 누가 봐도 이제 돌아가자는 얼굴로 따라와서는 속삭였다.

"유릿치 언니, 이제 상관하지 않는 게 좋겠어요. 두 사람의 사랑 문제에는."

하긴 맞는 말인지도 모른다.

그런데 여기서 돌아가면 아유미는 또 이성을 잃을 게 뻔했다.

세타가야의 집에 있는 가사 대행 서비스 도우미 말로는 히로유키가 한 번 집에 돌아왔을 때 아유미한테 자살을 예고하는 전화가 걸려 왔었다고 했다. 화가 난 히로유키가 내버려뒀더니, 병원에서 전화가 왔다.

아유미가 손목을 긋고 욕조에 들어가려는 모습을 아이가 보고, 이웃집에 도움을 요청했었단다. 출혈은 심하지 않았지만 임신 중이었고 흥분 상태여서 일단 병원에 실려 갔던 모양이다. 그런 일이 한두 번이 아니었던 것 같다고 했다.

아유미의 부모에게 의논해도 부모는 이미 딸을 포기했기에 뾰족한 수가 없는 듯했다.

그렇기에 아유미에게는 히로유키가 전부인지도 모른다.

유리코는 앞서 걸어가는 아유미의 화사한 차림새를 바라보았다.

아유미는 부잣집 딸로 히로유키의 학원이 아직 소규모였을 때 그에게 개인 과외를 받았었다. 고등학교부터는 하와이에 있는 학교로 진학했고, 일본에 돌아와서는 예술에 관련된 일을 했다고 들었다. 그런데 본가의 가업이 어려워졌는지 히로유키를 다시 만났을 때는 생활이 힘들었다는 것 같다. 그리고 요즘은 히로유키의 학원에서 유학 사업에 관한 업무를 보고 있었다.

아유미가 문에 열쇠를 꽂고 뒤를 돌아보았다.

작은 얼굴에 반짝이는 커다란 눈. 그 강렬한 눈빛에 20대의 젊음과 활기가 담겨 있었다. 그러한 상대를 앞에 두고 유리코는 더 이상 이 자리에 있고 싶지 않다.

하지만 조금 더 히로유키와 함께 있고 싶다. 그러면서 눈앞에서 이혼 서류에 도장을 찍으라고 하면 바로 찍을 생각을 한다. 유리코도 자신의 마음을 알 수 없었다.

"둘 다 사랑해."

히로유키 목소리가 귓가에 되살아난다.

그, 사랑이라는 게 뭘까.

문이 열렸다. 안에서 여섯 살 정도 되는 사내아이가 나와 무표정하게 아유미를 올려다보았다.

"가이토, 인사해야지."

"안녕히 다녀오셨어요."

안쪽에서 강아지가 달려 나왔다. 작은 닥스훈트였다. 그 걸 보고 유리코는 소리를 지를 뻔했다.

반년 전 히로유키가 사 온 강아지였다.

강아지는 히로유키에게 달라붙어서 바짓단을 물고 잡아 당겼다.

"선생님, 들어와요."

아유미가 강아지를 안고 집 안으로 들어갔다.

이모토가 현관에 선 채 목소리를 낮춰 물었다.

"왜 선생님이라고 불러요?"

"예전에 히로유키가 가르쳤던 애고, 지금도 히로유키는 직장에서 선생님이라고 불리니까."

"네에…" 이모토가 웃었다.

다시 집 안에서 아유미 목소리가 들렸다. 강아지가 요란하게 짖어댔다.

"선생님, 빨리요."

"현관에서도 괜찮으니까 반창고 좀 줘."

목소리가 몹시 차가웠다.

"그래요?" 아유미는 말하면서 반창고를 가져와 히로유키에게 주더니 이혼 서류를 내밀었다.

"용지는 많이 받아왔으니까 지금 당장 여기서 써요. 이제 거짓말하지 말아요, 선생님. 이 여자, 이혼하겠다잖아요."

"쓰고 싶지 않아." 히로유키가 고개를 저었다.

"강요받고 싶지는 않아. 이혼할지, 안 할지는 유리코와 내가 정할 일이야. 당신이야말로 무슨 일 있을 때마다 아이와 죽겠다는 말 좀 하지 마."

"그래도" 하고 아유미가 눈을 치켜뜨며 말했다.

"그러면 빨리 리나와 나를 제대로 인정해 줘요."

"리나는."

잠시 망설이더니 히로유키가 낮은 목소리로 물었다.

"내 애가 맞아?"

"너무해!" 아유미 눈이 휘둥그레졌다.

"선생님, 어떻게 그런 말을 해요? 몇 번이나, 몇 번이나 저랑 관계했잖아요. 불쌍해. 애가 너무 불쌍해. 아빠마저 의심하다니."

"히로유키 씨, 나, 먼저 쓸 테니까 가도 돼?"

"유리코."

"알았다. 선생님, 가이토가 마음에 안 드는 거죠? 그런 거죠? 분명 그거예요."

아유미가 아이 어깨를 붙들고 내세웠다.

"이 애라면 됐어요, 알아요, 선생님."

아유미가 히로유키의 가슴에 매달렸다.

"선생님, 결혼이 안 내키는 건 얘가 있어서? 애 때문이에요? 애가 없는 게 나아요? 그러면 걱정 마요. 애 아빠 집에 맡길 테니. 어떻게든 할게요. 나, 선생님이 좋아요. 선생님."

유리코는 돌아가고 싶었다. 그런데 아유미의 모습을 보니 분위기가 심상치 않았다.

남편은 왜 이런 지뢰 같은 여자에게 빠진 걸까.

아유미가 사내아이를 현관으로 밀어내고 지갑에서 천 엔짜리 지폐를 꺼냈다.

"가이토, 밑에서 밥 먹고 와."

"그런 짓 좀 하지 마!" 히로유키가 소리쳤다.

"그런 점을, 이해 못 하겠어. 자기 자식이잖아."

"위선자. 부모가 난장판을 만드는 모습을 보이는 것과 밖에서 혼자 밥을 먹는 것 중에서 어느 게 교육상 낫다고 생각하는데요?"

"나중에 같이 먹으러 가자. 응?"

히로유키가 달래듯 아이에게 말했다. 아이는 아무 표정이 없었다.

"나, 여자로 살고 싶어. 선생님께 말했잖아요. 나는 엄마가 아니라 여자로 살고 싶다고요. 여자로서 충족되면 최고의 엄마로 있을 수 있어요. 그게 없으면…, 선생님."

아유미가 히로유키를 집 안으로 잡아끌었다. 어딘지 모르게 음란했다.

"제발 그만 좀 해." 히로유키의 목소리가 거칠어지고, 그와 겹쳐서 강아지가 짖었다.

아유미는 히로유키의 말에도 전혀 움츠러들지 않았다. 오히려 히로유키의 목에 한 팔을 감고 유리코에게 멸시하는 눈빛을 보냈다.

눈앞에서 갑자기 문이 닫혔다. 유리코는 당황했다. 밖에는 아이와 이모토, 유리코만 남겨졌다.

아이가 밖에 있다며 문을 두드리려다가 유리코는 그만 멈췄다.

"그만 해"라는 히로유키의 목소리를 끝으로 문 안쪽에서 무언가가 격하게 부딪히고 몸싸움을 벌이는 소리가 났다. 강아지가 짖었고 거친 숨소리가 들렸다. 그만하라고 하면서도 그 목소리는 농밀한 에로스를 느끼게 했다. 유리코는 그대로 문을 붙들고 주저앉았다.

자신에게는 없고 아유미에게는 있는 것.

그건 슬플 정도로 명확히 지금, 문 한 장 너머에 있었다.

유리코는 문 앞에 주저앉은 채 정신을 차리고 돌아보았다. 이모토는 부지런히 문자를 보내고 있었다. 그 뒤에서는 아이가 주머니에서 무언가를 꺼내 잡아 뜯고 있었다.

가만히 아이의 손끝을 들여다보다 깜짝 놀랐다.

아이는 장수풍뎅이 암컷의 팔다리를 잡아 뜯고 있었다. 철이 끝나가서 그런지 무슨 짓을 해도 곤충은 힘없이 늘어지기만 했다.

이모토가 문자 보내기를 멈추고는 다가왔다. 아이는 신발을 벗더니 장수풍뎅이를 내려치기 시작했다. 여름에는 즐겁게 데리고 놀았을 거라는 생각이 들자, 유리코는 혼잣

말이 나왔다.

"때리면 가엾잖아."

"암컷이잖아. 암컷은 싫어. 바퀴벌레 같은 녀석."

아이는 한층 격렬하게 장수풍뎅이를 내리쳤다. 주변 모든 여자에게 싫증 난 듯한 모습에 몸이 움츠러들었다.

"그렇게, 때리면… 불쌍하잖아."

"죽었어."

"죽어도 불쌍해."

"죽으면 그저 쓰레기야."

아이는 때리는 걸 그만두고 신발을 신었다.

유리코는 문드러진 장수풍뎅이를 향해 가만히 손을 뻗었다. 그보다 먼저 이모토가 휴지로 죽은 곤충을 재빨리 주웠다. 그러고 나서 다짜고짜 아이의 티셔츠를 잡아당겼고, 그 안에 죽은 곤충을 툭 떨어뜨렸다.

아이가 비명을 질렀다.

"쓰레기라면 가져가 버려."

"이모토, 이모토! 그러면 어떡해."

허둥지둥 아이의 등에서 곤충을 꺼냈다.

아이가 울음을 터뜨렸다.

"뭐야, 암컷이 싫다며?"

이모토가 팔짱을 끼었다.

"유릿치 언니, 나, 네 엄마도 암컷이야. 똑같은 암컷이라도 장수풍뎅이와 바퀴벌레 암컷은 달라. 엄마한테 말 못 하는 불만을 장수풍뎅이한테 풀지 마, 치사하니까."

"잘 모르겠어…. 하지만 무슨 말 하고 싶은지는 알겠어."

아이가 다시 울음을 터뜨렸고 이상한 냄새가 났다.

장수풍뎅이가 터지면 방귀벌레처럼 냄새가 나는 걸까?

유리코는 손에서 나는 냄새인지 맡아보았다.

"이모토, 장수풍뎅이는…."

유리코가 급히 고개를 들자, 이모토가 어안이 벙벙한 얼굴을 하고 있었다.

"미안해!" 이모토가 당황하며 사과했다.

"장수풍뎅이 때문이야? 놀라서 설사했어? 놀라서 나온 거야? 정말 미안."

그 말에 유리코는 아이를 쳐다보았다. 반바지 옆으로 묽은 변이 흘러내리고 있었다.

초인종을 누르려고 일어났다. 그러자 아이가 소리쳤다.

"누르지 마."

"하지만 화장실에…."

"들어가면 안 돼."

"왜 들어가면 안 되는데?"

"아무튼."

아이가 고개를 숙였다.

"들어와도 된다고 할 때까지 절대 안 돼."

자기들 좋자고 아이를 밖으로 내보내는 게 예삿일인 걸까. 아유미보다 히로유키에게 분노가 치밀었다.

"새아빠가 그러라고 하신 거니?"

"아니." 아이가 대답했다.

"항상, 전부터 그랬어."

"전부터라니…." 이모토가 중얼거렸다.

아이는 흐느꼈다. 그 목소리를 듣고 문이 열리면 좋을 텐데 그럴 기미는 없었다. 변은 다리를 따라 발목까지 흘러내렸다.

"하는 수 없네." 이모토가 말했다.

"그러면 요 앞에 있는 공원 화장실에서 씻을까, 어때?"

물음에 아이는 울면서 고개를 끄떡였다. 유리코도 하는 수 없이 일어났고 공원에 있다는 메모를 써서 문에 끼워 넣었다.

이모토가 아이 손을 잡고 걸어갔다.

이모토는 공원 화장실에 있던 청소용 수도꼭지를 사용해서 아이를 요령 있게 씻겼다. 유리코는 그사이 편의점에서 아이용 속옷을 그럭저럭 마련했지만, 그 위에 입을 만한 바지는 파는 곳을 찾지 못했다.

급한 대로 스카프를 접어서 아이 허리에 둘러보았다. 그리고 히로유키의 휴대 전화로 전화를 걸었지만, 연결이 안 되었다. 이 상태로 현관 앞에 데려다 놓기도 주저됐다. 그렇다고 들여보내라고 문을 두드리면 나중에 아이가 야단맞을 듯했다.

어쩔 수 없이 아이에게 패밀리 레스토랑을 가겠냐고 물어보았다. 아이는 살짝 도리질했다.

이모토가 아이 허리에 두른 꽃문양 스카프를 보면서 중얼거렸다.

"이런 모습, 사람들이 보는 거 싫을 거야. 아무리 봐도 치마 같잖아."

하긴 아이는 분홍색 랩스커트를 입은 듯했다.

"하지만 아래층 가게에서 이모토가 얘를 데리고 있으면 그동안 내가 옷 파는 데 찾아서 사 올게. 그러면 어떨까,

음… 이름이 뭐지?"

아이는 고개를 숙였다. 이모토가 곤란한 얼굴을 했다.

"괜찮긴 한데, 우리가 나란히 앉아 있으면 모든 시선이 집중될 텐데요. 치마 입은 남자애와 은색 화장을 한 갸루° 잖아요. 누가 훈계라도 하면 어떡해요. 음…, 이름이?"

아이는 말없이 화장실 칸막이 안으로 들어갔다. 아무래도 배탈이 난 듯하다. 잠시 후 나오더니, 이번에는 커다란 소리를 내며 코를 훌쩍였다.

"추워?" 유리코가 묻자, 아이는 고개를 끄떡였다. 차가운 물로 다리를 씻은 탓인지도 모른다.

세타가야의 집을 생각했다.

이혼 서류를 제출하지 않았으면 아직 우리 집이다. 이 애한테 따뜻한 물을 쓰게 할 수도 있고… 그런 생각을 하다가 변명 같아서 쓴웃음을 지었다.

언젠가 흔적도 없이 리모델링될 거라면 소중했던 그 집을 한 번 더 보고 싶다.

이모토에게 택시로 세타가야의 집에 갈 건지 물었다. 이모토는 걱정스러운 얼굴을 하면서도 택시를 잡으러 갔다.

● 걸(girl)의 일본식 발음으로 염색 머리, 짙은 눈 화장이 특징인 여성들을 일컫는 말.

금방 택시를 잡아탔기에 차 안에서 휴대 전화로 히로유키에게 문자를 보냈다.

세타가야의 집에 도착하자, 이모토는 역 쪽에서 갈아입을 옷을 사 오겠다며 뛰어갔다. 기발한 모습으로 시어머니를 놀라게 하고 싶지 않은 듯했다.

유리코는 갑자기 아이와 둘만 남게 되자 난감했다. 어떻게 해야 하나 싶었지만 일단 살며시 손을 내밀어봤다.

아이는 순간 인상을 찌푸렸지만, 울상을 지으며 말없이 그 손을 잡았다. 새아빠 집이라고 미리 설명했지만 아이는 낯선 곳에 와서 불안한 모양이었다. 현관에 들어서자마자 울음을 터뜨릴 기세였다. 마치 아이를 유괴한 느낌이 들어서 유리코는 우울해졌다.

가사 대행 서비스 도우미에게 물어보자, 시어머니는 이미 잠들었다고 했다. 더더욱 울게 하면 안 된다는 생각에 아이를 보았다. 그런데 울음이 터지기 직전이었다.

그럴 만도 했다. 배탈이 나 다른 사람 앞에서 실수하고 낯선 집에 오게 되면 어른도 울고 싶어진다.

우선 수분을 보충하려면 따뜻한 음료가 필요했다. 아이 손을 잡아끌고 부엌에 갔다.

그런데 발을 들여놓자마자 기분이 쓸쓸해졌다. 개수대의

세제와 스펀지가 모두 낯선 것으로 바뀌고, 주전자와 냄비 등도 이전과 다른 곳에 놓여 있었다.

이미 유리코 자신이 마음대로 써도 되는지 망설여지는 장소로 바뀌어 있었다.

식탁 의자에 앉자, 아이가 중얼거렸다.

"누구 집이야?"

"아까 그 아빠 집."

"아까 말했잖아." 그런데도 아이가 의심스러운 눈길로 쳐다보기에 유리코는 조그맣게 덧붙였다.

"그리고 내 집, 이었던 곳."

아이는 잠시 생각한 다음에 말했다.

"애 없는 할망구?"

코코아를 타려던 손이 저절로 멈췄고, 그 손을 내려다보았다.

"맞긴 해. 분명 아이는 없고 젊지도 않지만."

목소리가 떨렸다.

"… 그래도 그렇게 부르는 거 별로네. 너도 옷에 실수 좀 했다고, 내가 똥강아지나 개똥이라고 부르면 싫지? 다 사정이 있었는데."

어른답지 못하다. 유리코는 자신이 한 말에 짜증이 났다.

172

아이가 못 들은 척 고개를 돌렸다. 그때 배에서 꼬르륵 소리가 들렸다.

"혹시 배고프니? 뭐 만들어줄까? 먹고 싶은 거 있어?"

"아메도그."

아메도그가 뭘까.

벳코 아메* 같은 걸까?

"그게 뭐니?"

"편의점에 있어."

설명을 들어보니, 아메리칸 도그, 즉 핫도그 같았다.

배탈이 난 아이에게 그런 튀긴 걸 먹여도 될까. 그런데 아이가 너무 기쁘게 정말 만들 줄 아냐고 몇 번이나 물어보기에 찬장을 열어보았다.

다행히 사다 둔 핫케이크 가루가 아직 남아 있었다. 냉장고에는 떨어지는 일이 없게 해달라고 부탁해 뒀던 소시지가 두 봉지 있었다. 히로유키가 좋아하는 소시지였다.

당장 유리코는 반죽한 핫케이크 가루를 소시지에 입혀서 기름에 튀겼다. 그런데 아이가 아주 흥미롭게 쳐다보고 있었다. 그래서 기름이 튀지 않는 곳에 의자를 놓고 아이가 그

● 설탕으로 만든 엿.

위에 서서 냄비 안을 들여다보게 했다.

기름 속에 가라앉은 핫도그가 순식간에 황금색이 되어 부글거리며 떠올랐다. 아이가 기쁜 듯 웃었다. 그 웃는 얼굴이 너무 사랑스러워서 소시지를 전부 튀겨버렸다. 유리코는 쓴웃음을 지었다.

이렇게 많은 핫도그를 어떻게 해야 하나.

그런데 아이는 그저 눈앞에 쌓인 핫도그를 보고 눈을 반짝였다.

아이는 먹어도 되냐는 표정을 지어 보였다.

먹어도 된다고 말하려고 했다. 그런데 달콤한 기운이 가슴에 퍼지면서 유리코는 어쩐지 목소리가 잘 안 나왔다. 어서 먹으라고 조용히 손짓했다.

아이가 작은 손을 뻗어서 하나를 집어 들었다. 그때 현관에서 거친 소리가 들렸다. 누군가가 뛰어 들어오는 기척이 났다.

돌아보자, 부엌 입구에 아유미가 서 있었다.

아이가 핫도그를 한입 가득 먹으면서 엄마를 보았다.

"가이토, 그거 뭐니? 그런 꼬치가 달린 걸 그대로 먹으면 위험하잖아."

아유미는 핫도그를 뺏더니 아이를 껴안았다.

"대체 어디 갔나 했어. 엄마가 걱정했잖아. 얼마나 걱정했는데."

그리고 아유미는 고개를 들더니 소리를 질렀다.

"당신, 무슨 생각이야. 어떻게 이럴 수 있어. 이거 유괴야, 알아?"

"다행이다. 역시 여기 있었구나."

히로유키가 천천히 부엌으로 들어오며 말했다.

"유리코, 말도 없이 여기에 데려오는 건 좀 문제가 있지 않아?"

도대체 이 두 사람은 무슨 낯짝으로 자기들 좋을 대로 시간을 보내고 와서는 여기까지 들어온 걸까.

"문자 보냈어. 메모도 남겼고."

"못 봤어."

"하지만 분명 연락했어. 수신 거부한 거 아니야?"

히로유키가 휴대 전화를 꺼내 조작하더니 아유미를 봤다.

아유미가 고개를 돌리고 내뱉듯 말했다.

"그런 게… 뭐가 중요해. 아무튼 아이가 없으면 엄마가 얼마나 걱정할지 알잖아. 멋대로 데리고 가다니."

"그건 미안해… 하지만…."

갑자기 화가 치밀어 올라서 유리코는 큰소리를 냈다.

"아이를 밖에 내보내고 관계하는 거나 그만두지 그래?"

"어머, 내가 지금 무슨 소리를 들은 거야. 어떻게 그런 말을 아무렇지 않게 해? 그것도 아이 앞에서."

"말이나 못 하면. 좀 전에 했잖아! 현관에서."

유리코는 자신이 한 말에 정신이 아찔해졌다. 완전히 이모토 말투다.

"안 했어."

히로유키가 한숨 섞인 목소리로 말했다.

"유리코, 무슨 말을 하는 거야. 나는 개한테 물렸어. 그것도 꽤 심하게. 개집이 제대로 닫혀 있지 않아서…. 그다음에 나는 문을 열고 유리코와 아이를 찾았어."

"개라니, 무슨 개? 시치미 떼기는."

"선생님, 키스는 거부하지 않았잖아요."

"그만 좀 해."

"왜 속여요? 봐요. 나를 똑바로 봐. 선생님도 나쁘지 않았잖아요. 나랑 같이 있어서 선생님도 기분 좋았잖아요. 내 몸을 그렇게…."

그때 "당장 나가" 하는 여자 목소리가 울려 퍼졌다.

시어머니였다.

시어머니는 가사 대행 서비스 도우미가 미는 휠체어를

타고 부엌으로 들어와 목소리를 높였다.

"나가, 당장 나가. 이 파렴치한 것 같으니. 큰 소리로 뭐라고 떠드는 거냐."

시어머니는 아유미의 손을 잡으려고 몸을 내밀었다. 그러다 균형을 잃고 휠체어에서 미끄러져 떨어졌다. 아유미가 비명을 지르며 뒷걸음질 쳤다. 바닥에 구른 시어머니가 기어가서 아유미의 다리를 붙잡았다.

"뭔가 마음에 안 들 때마다 죽어, 죽어, 죽어, 협박이나 하고. 너, 죽는 게 어떤 건지 알고 그러는 거냐?"

시어머니 모습에 아유미가 절규했다. 다리를 흔들어 시어머니의 손을 뿌리치고 부엌에서 뛰쳐나갔다. 그걸 본 아이가 큰 소리로 울었다. 시어머니는 바닥에 쓰러진 채 소리높여 울었다.

"이제 정말 싫다. 히로유키…, 어쩌다… 이렇게…."

유리코가 가사 대행 서비스 도우미와 같이 시어머니를 안아 일으켜도 시어머니는 울음을 그치지 않았다. 그 몸이 너무 가벼웠다. 형체는 있어도 혼이 희미해진 상태라는 게 실감이 나면서 울고 싶어졌다.

대체 이게 뭐 하는 짓일까.

나이 든 부모를 당혹스럽게 만들고, 울게 만들고. 그러면서 우왕좌왕하고, 헤어지지도 못하면서 다시 시작하지도 못하고.

"왜… 이렇게 된 거냐."

시어머니가 울었다.

왜 이렇게 됐을까.

어떻게 했어야 한 걸까.

히로유키가 우는 애의 손을 잡아끌며 부엌에서 나갔다.

"아유미."

"나, 저 사람이 내 아이 안는 거 정말 싫어요. 절대, 정말 싫어."

"저 사람이라고 하지 마. 내 어머니셔."

"배 속 아이와 저 사람 중에서 누가 더 중요해요?"

"그만 좀 해. 시끄러."

갑자기 가슴 깊은 곳에서 목소리가 나왔다. 그 커다란 목소리에 유리코 자신도 깜짝 놀랐다. 그건 아버지 목소리와도 닮아서 굵고 온 집 안에 울렸다.

모두 일제히 입을 다물었다.

그리고 아유미는 말없이 아이와 나갔고, 히로유키는 둘을 데려다주러 갔다. 흥분한 시어머니는 수면제를 먹고 잠이 들었다. 집은 아무 일도 없던 양 조용해졌다.

유리코는 혼자 부엌으로 돌아가 산처럼 쌓인 핫도그를 한 입 베어 먹었다.

"어린아이에게 꼬치가 달린 걸 주면 안 되는구나."

중얼거렸더니 왠지 눈물이 흘러나왔다.

좋아한다, 사랑이다, 아이 러브 유다, 그런 말은 없어도 돼요.

제가 차린 걸 맛있게 먹는 사람, 그거면 충분히 행복해요.

제 돼지 호빵을 맛있다면서 드셨어요.

그 기억만으로 평생 행복하고, 평생 믿으며 함께할 수 있어요.

5장

오토미의 그림 편지를 가지러 도쿄로 간 유리코와 이모
토는 지금쯤 무얼 하고 있을까.

료헤이는 카펫에 뒹굴며 자는 하루미를 보면서 유리코
방의 창문을 열었다.

밤공기가 들어와 방 안에 갇힌 술 냄새를 날려 보냈다.

오늘 저녁, 하루미와 함께 대형 마트에 가서 작은 조립식
옷장을 샀다. 유리코가 여행용 가방을 옷장 대신 사용하는
것이 마음에 걸려 이전부터 하나 장만하려고 생각하던 물
품이었다.

그리고 이모토가 있으면 편리하다고 강조하던 쿠션을 봤다. 하루미와 둘이 색색의 쿠션을 눌러 보고 바라보면서 간신히 두 개를 고르자, 어느새 밤이 되어 있었다.

둘이 옷장을 조립한 뒤 료헤이는 배운 지 얼마 안 된 닭고기 계란덮밥을 하루미에게 만들어주고, 다시 2층으로 올라갔다. 그리고 오토미의 연표를 보았다.

유리코의 말대로 빈 곳이 많았다.

유리코는 자신들이 도쿄에 간 동안 뭔가를 써서 채워달라고 부탁했다. 그런데 뭘 써야 할지 모르겠다.

료헤이가 가만히 쳐다만 보는데, 하루미가 니혼슈(사케)와 잔을 들고 2층으로 올라왔다.

좋다며 둘이 마시기 시작했는데 하루미는 금방 쓰러져 코를 골기 시작했다.

정말 어이가 없다.

왠지 안쓰러워 벽장에서 담요를 꺼내 덮어주었다.

"하루. 새 쿠션을 베개로 쓰면 어떡하냐. 납작해져 방석이 되잖아."

"네에" 하고 하루미가 대꾸하며 쿠션에서 머리를 뗐다.

유리코의 베개를 꺼내서 머리에 대주었다. 하루미는 머리를 베개에 휙 얹고 희미하게 웃었다.

그 잠든 얼굴을 바라보았다.

공장에서 일했던 탓인지 체격은 건장했다. 하지만 눈감은 얼굴은 천진난만하고 어딘지 응석꾸러기 같은 표정이었다. 보기에 따라서는 여자아이 같기도 해서 미소가 절로 지어졌다. 분명히 이 청년은 엄마를 닮았고, 그 엄마는 틀림없이 아주 미인일 것이다.

엄마라…, 그런 생각을 하면서 료헤이는 등을 돌렸다.

청년이 일을 도우러 온 지 이틀째 되던 날, 지붕을 수리할 도구를 사러 가면서 차를 얻어 탔다. 청년은 운전하면서 애칭을 지어달라고 했다. 친구들한테는 항상 애칭을 붙여서 부르게 한다고 했다.

부모가 지어준 이름을 소중하게 여기라고 했더니 자신은 부모가 붙여준 이름이 없다며 웃었다.

여권 이름을 물었더니 청년은 어깨를 움츠렸다.

료헤이는 사정이 있는 듯해서 가만히 있었다. 청년은 일본 이름이 좋다고 했다. 그리고 그는 공손하게 "부탁합니다" 하고 말했다.

그 순간 료헤이는 '하루미'라는 이름이 입 밖으로 나왔다.

예전에 유리코의 생모인 마리코가 둘째를 가졌다는 말을 들었을 때 퇴근하면서 떠올랐던 이름이다.

여자아이면 첫째 유리코*와 맞춰서 꽃 이름으로 지어도 좋겠지만 봄에 태어날 때까지는 남자아이인지, 여자아이인지 모르기에 하루미**가 생각났다.

그런데 속으로 하루미라고 부르기 시작한 순간 그 아이는 떠났다. 이후 그 이름에 관한 이야기는 한 번도 입 밖에 낸 적이 없었다.

"하루미." 청년은 중얼거리며 기쁘게 웃었다.

온화한 얼굴의 청년에게 잘 어울렸다.

그 이름은 위화감 없이 료헤이 마음에도 들어와 마치 오래전부터 알고 있던 듯 입에 올랐다. 그런데도 하루미라고 부르는 데에는 항상 주저하게 되어 하루로 줄여 불렀다.

하루가 몸을 뒤척였다. 료헤이는 살며시 담요를 다시 덮어주었다. 아무리 가깝게 느껴도 어차피 다른 나라 누군가의 소중한 자식이거나 손자다.

"하루"라고 부르는 정도가 딱 알맞다.

료헤이는 술을 다시 한 잔 따르고 연표를 보았다.

'1972년, 쇼와 47년'이라고 되어 있다.

● '유리'는 백합이라는 의미.
●● '하루'는 봄이라는 의미.

오토미의 역사는 거기까지 새하얗게 비어 있었다. 다음 해인 1973년에 아쓰타 료헤이와 결혼이라고 적혀 있었다.

"쇼와 47년" 하고 료헤이는 중얼거리며, 그 아래 써진 세상사를 읽어보았다.

- 다나카 가쿠에이 총리 등장.

- 판다 란란과 캉캉이 일본에 와서 큰 인기.

- 고야나기 루미코의 〈세토의 신부〉 대히트.

"그립다." 중얼거리며 벌러덩 드러누웠다. 분명 그해에는 〈세토의 신부〉란 노래가 여기저기에서 흘러나오고 있었다.

눈을 감았다. 당시 오토미의 모습이 스냅사진으로 눈앞에 떠올랐다. "아아, 그랬지" 하고 중얼거리며 웃었다. 그날은 유리코가 놀러 나간 사이 낮잠을 자는데 누나가 찾아왔었다.

"멋진乙 미인美이라는 뜻의 한자를 써서 오토미라 불리는 아가씨야."

다마코 누나는 2년 전에 세상을 떠난 아내, 마리코를 모셔둔 불단 문을 닫고 사진을 꺼냈다.

"이름, 마음씨, 풍채도 좋아. 나이는 마리코 올케와 똑같이 세 살 연상. 하지만 별로 예쁘진 않아."

"재혼 안 한다고 했잖아요."

료헤이는 사진을 다마코 손에 되밀었다.

"그러지 말고 사진만이라도 봐봐."

료헤이는 누나의 강경한 말투를 거스르지 못하고 하는 수 없이 사진을 보았다. 동그란 얼굴에 통통한 여자가 찍혀 있었다. 뒷면에는 누나 글씨로 '하세가와 오토미, 37세, 미혼, 고베 출생, 요코하마 성장, 조부, 전지 요양, 병원, 요리'라고 적혀 있었다.

누나는 오토미란 여자에 대해 유일한 피붙이였던 할아버지를 돌보다가 결혼이 늦어진 사람이라고 말했다. 오랫동안 할아버지의 요양을 위해서 각지를 돌아다니다가 5년 전에 여기서 한 시간쯤 떨어진 산속에 있는 병원으로 할아버지가 옮겨온 걸 계기로 이 지방에 왔다고 했다. 반년 전 그 할아버지는 돌아가셨지만, 여자는 지금도 계속 그곳에서 접수나 음식 만드는 일을 하는 모양이었다.

"마음씨 착한 아가씨야." 다마코가 웬일로 칭찬했다.

"일가친척은 없지만 친정을 믿고 으스대는 것보다 훨씬 낫잖아. 이런 아가씨는 좋아. 남편을 위하니까."

"그러면 다른 더 좋은 남자가 있겠죠."

료헤이는 그 자리에서 거절했다.

재혼은 하지 않는다고 했는데 몇 번씩이나 중신 얘기를 꺼내는 다마코 누나에게 넌더리가 났다. 더구나 사진 속 여자는 나이보다 훨씬 젊어 보였다. 일부러 자식이 딸린 까다로운 곳에 시집을 올 리가 없었다.

그런데 며칠이 지난 금요일 밤, 퇴근하고 오는데 집 앞에 그 사진 속 여자가 보였다. 여자는 커다란 천 가방을 안고 발밑에 달라붙는 집 없는 개를 손으로 쫓고 있었다.

개가 짖자, 여자는 엉덩방아를 찧었다.

료헤이는 무심결에 개를 향해 냅다 소리를 질렀다.

개는 순간 멈칫했고 튕겨 날아가듯 도망갔다.

"대단해요, 대단해."

여자는 엉덩방아를 찧은 채 눈이 휘둥그레졌다.

"목소리에 개가 날아갔어."

목소리 때문에 개가 날아간 건 아니지만 료헤이가 다가가자, 여자는 눈을 반짝이며 올려다봤다.

자그마한 여자로 사진보다 얼굴이 통통했다. 더구나 화사하게 빛나는 노란색 원피스를 입은 탓인지, 몸집이 옆으로 퍼져 보였다.

성은 잊었지만 멋진 미인이라고 써서 이름이 오토미였던 건 기억했다.

"저기… 오토미, 씨?"

여자는 눈을 더 반짝이며 대답했다.

"네, 오토미예요. 하세가와 오토미요."

료헤이는 여자 손을 붙잡고 일으켜 세웠다. 여자가 옷을 털면서 말했다.

"그렇게 엄청난 목소리로 호통을 치시면 악한도 날아가 겠어요. 불행, 병, 가난도 단번에 날아갈 거 같아요."

"그렇지도 않아요."

료헤이는 여자의 가방에 묻은 흙을 털어주면서 유리코 엄마를 생각했다.

"그런 거에는 못 이겨요."

그 말에 여자는 천천히 고개를 숙이고 "미안해요" 하고 중얼거렸다.

그 모습으로 볼 때 아무래도 아내와 사별한 걸 아는 듯했 다. 료헤이는 등을 돌렸다. 다마코 누나가 이야기했겠지만, 당사자도 모르는 곳에서 그런 이야기를 하는 건 불쾌했다.

여자는 여전히 고개를 숙이고 있었다.

무슨 볼일 있냐고 묻는 것도 무뚝뚝하고 그렇다고 해서

친절하게 대할 마음도 들지 않았다. 주머니에서 집 열쇠를 꺼냈다. 유리코가 다마코 집에서 자고 온다며 놀러 갔기에 한잔 마시고 왔는데 취기가 완전히 달아나 버렸다.

현관문을 열고 돌아보았다.

여자는 어깨에 멘 가방끈을 양손으로 잡고 풀이 죽어 고개를 숙이고 있었다. 노란색 구슬 같은 그 모습을 왠지 미워할 수 없었다. 잠시 여자가 무슨 말을 꺼내려나 기다렸다.

용건이 있다면 들을 참이었다. 그런데 아무 말도 하지 않아서 들어가려고 했다.

그때 뒤에서 "저기…" 하고 가느다란 목소리가 들렸다.

"못생겨서, 인가요?"

"뭐"인지 "에"인지도 모를 소리를 내며 료헤이는 돌아보았다.

여자는 고개를 들고 진지하게 물었다.

"못생겨서예요?"

"못생겨요?"

"용모가…."

여자는 부끄러운 얼굴을 하고서 바로 고개를 숙였다. 그러더니 손깍지를 끼었다가 풀기를 반복했다.

"괜찮아요, 솔직히 말씀해 주셔도. 직접 얼굴 맞대고는 말씀하시기 어렵겠지만, 얼굴이 못생겨서라면, 그냥, 뭐…
고칠 수가 없는 거니까 단념할 수 있어요."

"아니…"하고 료헤이는 할 말을 찾았다.

"그 정도로 못생기지는 않았다고 생각하는데."

여자는 잠깐 기쁜 듯 눈을 반짝였지만 이내 사라졌다. 눈
을 내리깔고 중얼거렸다.

"나이예요?"

"아니, 그건 아니고."

"그러면… 일가친척이 없어서예요?"

"그것도 아니고."

"그러면, 그… 저기."

여자는 우물거린 다음에 결심한 듯 고개를 들었다.

"만나보지도 않고 사진만 보고 거절하신 이유라는 게…."

"아니, 만나지도 않았으니까 거절하고 말고 할 게 없는데."

여자가 손을 가슴 앞에서 꽉 깍지 끼고 진지한 표정으로
말했다.

"저, 다마코 씨에게 이 이야기를 듣고 정말로 기뻤어요.
다마코 씨가 사진을 여러 장 보여주셨어요. 그때 돌아가신
부인 사진도 보았고…. 정말 아름다운 분이라고 생각했어
요. 뭐랄까, 공주 같은."

여자는 왠지 황홀한 표정으로 꿈꾸듯 미소 지었다.

"정말 아름다운… 그런 분과 비교하면 전 그야말로 화장실에 널브러진 자루걸레 같지만 그래도 다마코 씨가 보증해 주신다면 한 번 열심히 내조하려고 생각했어요. 그 돌아가신 부인을 소중히 여기면서 마음에 걸려 하셨던 걸 다 이어받아서 평생 열심히 내조하겠다고 결심했어요."

"그게, 누님이 어떻게 이야기했는지는 모르겠는데."

료헤이는 대답이 궁해져 여자 얼굴을 보았다.

"괜찮아요" 하고 여자는 고개를 숙였다.

"솔직하게 말씀해 주세요. 그걸 마음에 새기고 앞으로 이것저것 배워야겠다고 생각했어요. 그래서 다마코 씨한테 물었더니, 직접 가서 듣고 오라고 집을 알려주셨어요."

"누님도 참." 료헤이는 자신도 모르게 혀를 찼다. 분명히 누나는 여자를 직접 만나면 마음이 바뀌리라 생각한 것이다. 그 수에 넘어가지 않겠다고 팔짱을 세게 끼었다.

큰누나 다마코가 하는 말은 대체로 옳지만, 결혼과 같은 미묘한 문제에 개입하는 건 정말 사양하고 싶다. 분명히 이번에도 자신에게 사진을 보여주기 전에 이야기는 상당히 진전되었을 터였다.

"죄송해요." 여자가 머리를 숙였다.

"오토미 씨에게 화가 난 게 아니에요."

"아니에요. 죄송한 생각이 든 건, 사실 저, 이런 푸념이나 하러 온 게 아니거든요."

여자는 커다란 천 가방에서 보따리를 꺼냈다.

"실은 맞선 자리에서 드리려고 만들었던 건데, 이거… 따님에게 주세요."

두꺼운 종이에 그림이 커다랗게 몇 장 그려져 있었다. 첫 장에는 신데렐라라고 쓰여 있었고, 성을 배경으로 유리 구두를 신은 공주가 그려져 있었다. 섬세하고 짙은 배색에 이끌려서 료헤이는 자신도 모르게 열심히 보았고, 다음에 여자 얼굴을 보았다.

여자는 수줍게 웃었다.

"그림 그리는 걸 아주 좋아하거든요."

"직접 그렸구나…."

그 말에 여자는 미소 지었다.

첫 장을 넘기자, 뒷면에는 글이 적혀 있었다. 종이 연극이었다. 가로등 밑에서 계속 그림을 넘겼다. 그림들은 모두 짙은 파란색과 초록색 바탕의 배색으로 그중에서 황금색 머리카락을 한 신데렐라는 한층 빛나 보였다.

그런데 이야기 이외에 종이가 한 장 더 있었다.

'부록'이라고 적혀 있었다. 흰색 속옷 차림의 신데렐라와 드레스가 열 벌 그려져 있었다. 아마 오려서 가지고 노는 종이 인형 같았다.

그걸 보고 마음이 누그러졌다. 유리코는 잡지 부록인 종이 인형을 애지중지했는데, 그보다 이 종이 인형이 훨씬 아름답고 즐겁게 가지고 놀 수 있을 것 같았다.

"예쁘네요."

"종이에 그리는 것처럼, 천으로도 옷을 만들 수 있으면 즐거운데."

여자는 수줍게 웃었다.

"재봉은 잘 못해서요."

"이 옷도요" 하고 여자는 소맷부리를 쓰다듬었다.

"다마코 씨가 옷감을 고르고 만드는 걸 도와주셨어요. 그런데 다 만들고 입어봤더니 너무 옆으로 퍼져 보여서… 둘이 이리저리 궁리해 봤지만 역시 어떻게 해도 안 됐어요. 다마코 씨와 머리를 싸쥐었죠."

재봉 솜씨는 그렇다 치고 다마코 누나의 옷 취향은 그다지 좋다고 할 수 없다. 갑자기 미안해져 생각지 못한 말이 툭 튀어나왔다.

"아니, 좋아요. 잘 어울려요."

"정말요?" 그 말에 여자는 기쁘게 말했다.

그 웃음에 료헤이는 한층 뒤가 켕겨서 할 말을 찾았다.

보고 있으면 눈이 침침해질 듯한 색으로 별로 어울리지는 않지만, 원피스 자체는 잘 만들어진 것 같기도 했다.

"아주 잘 만들었어요."

여자는 기쁘게 소맷부리를 어루만지며 "다행이다" 하고 웃었다.

"햇빛 아래에서 보면 근사한 천이에요."

그리고 조그맣게 덧붙였다.

"저, 예쁜 걸 아주 좋아하거든요."

그런 성품이면 용모가 나쁘지 않더라도 자신이 못생겼단 생각이 들 수 있다. 약간 가여운 마음이 들어 여자 얼굴을 쳐다보았다. 분명 예쁘지는 않지만, 이 여자가 밤중에 혼자 그림 그리는 모습을 상상하면 제법 아름다운 광경 같았다.

시선을 떨어뜨리자, 손안에서 신데렐라가 웃고 있었다.

료헤이는 진심으로 고맙다고 인사했다.

여자는 마음에 들어서 기쁘다고 밝게 말한 다음 갑작스레 방문한 무례를 공손하게 사과하고 걸어갔다.

여자가 일하며 지내는 병원 근처까지 가는 버스 정류장은 상당히 멀었다. 료헤이는 지인한테 자동차를 빌려와 바래다준다고 했지만, 여자는 거절했다.

여자는 별이 반짝이는 하늘을 올려다보듯 걸어갔다.

료헤이는 버스 정류장까지 바래다주려고 쫓아갔다가 조금 난처해졌다.

여자가 조용히 울고 있었다.

료헤이는 그 모습을 보고 당황했다. 무슨 말을 해야 할지 몰라서 그저 나란히 걸어갔다. 여자는 재빨리 눈물을 훔치고 태연한 척 애썼다. 그런데 콧물이 멈추지 않는지 가끔 손수건으로 닦았다.

"여러 가지로 죄송해요."

료헤이는 그저 여자 옆에서 말없이 걸었다.

버스 정류장은 집에서 수십 분 걸어간 국도에 있었다. 가는 길은 거의 밭이고 민가는 한두 채밖에 없다.

료헤이는 이런 거리를 여자 혼자 걸어왔다는 생각에 왠지 감동해서 옆에 있는 여자를 봤다. 그러자 여자 머리의 가마 부근에서 카레라이스 같은 맛있는 냄새가 풍겨왔다.

이야기를 처음 들었을 때는 흘려 넘겼지만, 다마코 누나는 이 오토미라는 여자가 병원에서 요리도 하고 접수대 일을 본다고 했던 것 같다. 남편과 제면 공장을 하는 다마코는 그 병원에 식재료를 납품하면서 알게 되었단다.

품위가 있어 도도하다는 사람도 있다고 다마코는 말했다.

"난 그 아가씨 좋아. 일도 꼼꼼하고 단정할 뿐 아니라, 뭐니 뭐니 해도 200명이 먹을 커다란 카레라이스 솥을 삽 같은 국자로 휘이 휘이 젓는 모습을 보면 어지간한 여자들은 저리 가라 할 재주야. 그리고 그 카레를 끼얹은 카레 우동으로 말하면."

다마코는 감개무량하다는 얼굴로 고개를 끄떡였다.

"그건 정말 일품이야."

료헤이는 누나의 말투가 떠올라 살짝 웃었다. 여자의 머리에서는 걸을 때마다 카레 냄새가 두둥실 풍겨왔다. 오늘은 마침 그 커다란 냄비를 저은 날이었던 듯했다.

약간 친근한 느낌이 들어서 말을 걸었다.

"버스로 왔어요?"

"차로 왔어요."

여자는 병원에서 사무 일을 보는 친구가 지나는 길이라며 차로 데려다주었다고 했다.

"흐음." 료헤이는 약간 짓궂은 마음으로 말했다.

"혹시 친구가."

"남자가 아니에요."

여자는 허둥지둥 손사래를 쳤다.

"친구라고 해도 병원 이사장님 따님이에요. 남자 차에 타다니, 말도 안 돼요."

"남자 집에는 오는데도?"

료헤이는 내뱉고 나서 말이 짓궂었다고 생각했다.

그런데도 여자는 미소 지었다. 그리고 멋쩍은 듯이 손으로 머리를 만지더니 "실은…" 하고 중얼거렸다.

"료헤이 씨는 기억 못 하지만, 우리 한 번 만난 적 있어요."

여자는 다마코가 사는 동네 이름을 대고 들뜬 목소리로 말했다.

"저, 그 동네 여름 축제 때 돼지 호빵을 팔았어요."

"돼지 호빵…." 료헤이는 중얼거리다가 생각이 났다.

"아아, 그 고기 호빵."

"네, 고기 호빵이요."

여자는 명랑하게 웃었다.

두 달 전 다마코가 불러서 유리코와 함께 여름 축제에 갔을 때 근처 공장과 기업, 각종 단체의 유지들이 자선 바자회로 먹거리 노점을 열고 있었다.

분명 그때 다마코는 거래처에서 돼지 호빵을 팔고 있다며 료헤이에게 사 오라고 했다.

얼굴은 전혀 기억나지 않지만, 통통한 호빵 주인은 아이들이 "돼지가 돼지 호빵 판다"라며 웃는 가운데 새하얀 두건을 머리에 쓴 채 땀을 뻘뻘 흘리며 일하고 있었다.

"저는 고기 호빵이 아니라 돼지 호빵이라고 부르거든요."

여자가 즐겁게 말했다.

"전 돼지 호빵을 아주 잘 만들어요. 그날도 신나서 만들었어요. 그런데 곰곰이 생각해 봤더니 여름에 돼지 호빵을 먹는 사람은 별로 없잖아요. 만두로 할 걸 그랬다고 생각했는데⋯."

"행차 뒤의 나팔이죠."

그 말에 여자가 어깨를 살짝 흔들며 웃었다. 그리고 쑥스러운 듯 고개를 숙인 채 "그때도" 하며 다시 웃었다.

"그때도 료헤이 씨, 아까 개에게 호통쳤을 때처럼 큰 소리로 맛있다고 하셔서."

료헤이는 처음에 포장만 해서 돌아갈 생각이었다. 그런데 자그마한 여자가 열심히 "돼지 호빵 팔아요" 외치며 손님들을 부르는 모습을 보고 별생각 없이 한 입 먹었다. 그러자 어찌나 맛있던지 맛있다는 말이 절로 튀어나왔다. 그리고 어느새 그 자리에서 단숨에 네 개나 먹어 치웠다.

"그건 정말 맛있었거든요."

여자가 가볍게 머리를 숙였다.

"료헤이 씨의 말을 듣고 한꺼번에 사람들이 몰려와서 돼지 호빵이 날개 돋친 듯 팔렸어요. 기쁘고 감사했어요."

여자는 돼지 호빵을 어떻게 처리해야 할지 계속 생각하고 있었다며 웃었다.

"이렇게 많이 남아서 어쩌나, 거저 나눠주겠다고 해도 사람들이 싫다고 할 거 같아서 어떻게 해야 하나 했거든요. 저, 그때 재료를 아주 좋은 걸 써서 버리게 되면 재료들한테 미안하고, 본래 자선 바자회인데 수익이 없다는 게…."

"어이구, 저런."

여자의 머리에서 다시 맛있는 냄새가 풍겨와 따스한 기분이 들었다. 그 고기 호빵에 카레 맛을 첨가해도 아주 맛있을 것 같다고 말하려다가 대체 무슨 말을 하는 건가 싶어서 그대로 삼켰다.

"그래서…." 여자가 차분하게 말했다.

"다마코 씨한테 이야기를 들었을 때 정말 하늘을 나는 기분이었어요. 아! 아쓰아쓰* 한 돼지 호빵의 그대라고요."

"뭐? 무슨 그대요?"

"돼지 호빵의 그대…."

호칭이 너무하다 싶었다.

"그건 좀 너무한데."

"다른 사람에게 그렇게 말했다는 게 아니고요. 그냥 저 혼자 속으로 그렇게 부르고 있던 거예요. 그 축제 때 아는 분이 "아쓰타 료헤이 씨" 부르는 걸 듣고 '아쓰아쓰한 돼지 호빵의 그대'라는 식으로 이름을 기억한 것뿐이에요. 기억 해서… 뭘 하려고 한 건 아니지만."

여자가 손사래를 치며 진지한 얼굴로 올려다보았다.

"그렇게 하면 이름을 잊지 않잖아요. 소녀 같아서 부끄럽 지만…, 바보라고 생각하실지도 모르지만…, 그래도 적어 도 히카루 겐지光源氏**의 그대보다 저한테는 현실적인 그 대예요."

그건 또 무슨 소리냐고 물으려다가 료헤이는 옆을 쳐다 봤다.

여자는 딱할 정도로 고개를 푹 숙이고 있었다.

"나이도 먹을 만큼 먹어서 정말 바보 같지만. 그래도 저,

* '아쓰이'는 뜨겁다는 의미로, 료헤이의 성인 '아쓰타'와 일부 동음인 점을 이용한 표현.
** 《겐지 이야기》의 주인공.

202

이번 맞선 얘기에 가슴이 떨려 어쩔 줄 몰랐답니다."

"그랬군요." 료헤이는 머뭇거렸다.

그러고 보면 자신은 재혼을 별로 깊이 생각하지 않았다.

누군가를 그리워한다는 감정도 어느 틈에 어디론가 사라지고 없었다. 언제 사라졌는지도 모른다.

먹고 자고 일어난다. 그리고 유리코에게 밥을 먹이고 잠을 재우고 깨운다.

다른 건 전혀 생각하지 않았다. 아내가 죽고 나서 하루하루 똑같은 일상이 반복되는 삶을 살았다. 그러면 일단 둘 다 목숨만은 유지되었으니까.

하지만 그걸로 충분한 걸까.

발밑을 내려다보았다.

인생에는 무언가가 필요하지 않을까.

아름다운 종이 연극 같은 것이.

카레라이스 냄새가 나면서 여자의 목소리가 울렸다.

"조금 전에 료헤이 씨는 운명에는 이기지 못한다고 하셨잖아요. 하지만 그 "맛있다!"라는 한 마디에 적어도 저는 지난 불행이 날아갔어요. 저는 그 뒤로 아주 행복한 기분이 들었거든요."

"그랬군요."

"하지만, 그렇다고 해서."

여자가 작은 목소리로 말을 이었다.

"이렇게 들이닥쳐서 정말 미안해요. 두 번 다시 폐 끼치는 일은 없을 거예요. 그리고 잘 생각해 보면 이번 이야기는 없던 게 나았는지도 모르겠어요."

"음, 하긴."

그렇게 대답은 했지만, 다른 남자에 비해서 자신의 조건이 나쁜 걸 지적당한 듯해 료헤이는 살짝 한숨을 쉬었다. 후처에 자식은 그렇다 쳐도 수입 역시 빈말로도 좋다고 할 수 없다. 예전에는 나고야까지 출근하며 학교 교재를 만드는 회사에서 근무했다. 하지만 아내 마리코의 건강이 나빠지고 나선 출장이 없는 가까운 경비 회사로 옮겼고 벌써 일한지 4년이 된다.

이제는 혼자 딸아이를 최대한 돌보려 낮에만 일하다 보니 회사에 대한 공헌도도 낮고 출세도 바랄 수 없다. 무예대식, 덩칫값도 못한다며 뒤에서 험담하는 것도 안다.

"하긴 없던 게 되어서 잘 된 건지도요."

"그렇네요."

여자도 한숨을 쉬었다.

"실은… 다마코 씨한테는 말 못 했는데, 저 불안한 게 있었어요. 냉정하게 곰곰이 생각해 보면 분명 이게 잘 된 건지도 모르겠어요."

뭐가 불안하냐고 물어볼까 망설이는데, 마침 어떤 집 앞을 지나게 되었다.

집 안에서 라디오 소리가 들리고 음악이 흘러나왔다.

"〈세토의 신부〉네요." 여자가 중얼거렸다.

라디오에서 흐르는 고야나기 루미코 목소리에 맞춰 집 안에서 소녀가 따라 부르는 소리가 들렸다.

"귀엽네요."

"좀 조숙하군."

"이 노래가 부러워요. 젊은 신부, 너무 젊다고 걱정하는 주변 사람들, 그리고 결혼하지 말라며 우는 남동생이 있고."

"남동생은 그렇다 쳐도 주변 사람들이 그러는 건 성가실 걸요."

"그래도 부러워요."

여자는 조그맣게 웃었다.

"저는 이 노래의 신부처럼 젊지 않아서… 결혼해도 아이는 못 가질지도 모르고."

"불안하다는 건."

료헤이는 잠시 망설이다가 말을 꺼냈다.

"아이를 낳을 수 있을까, 그런?"

"그것도 있는데."

여자가 살짝 고개를 숙였다.

"근데 솔직히 그동안 결혼도 포기했었으니까 내 배 아파서 낳은 아이가 아니더라도 엄마가 되면 그걸로 기뻐요. 하지만 그런 생각을 할 때마다 불안해져요."

여자는 전쟁통에 어머니를 잃었다고 했다.

"전 어머니를 일찍 여의어서 어머니라는 존재를 잘 몰라요. 엄마가 되면 기쁘겠다, 열심히 하자고 생각하지만, 그래도 꼭 불안해져요. 어머니는 어떤 존재인가 싶어서요."

여자는 거의 들릴 듯 말듯 조그맣게 말했다.

"제가 좋은 엄마가 될 수 있을까요?"

"모르겠어요."

료헤이는 잠시 생각한 다음에 덧붙였다.

"나도 어머니가 안 계셨으니까."

밤은 깊었고 하늘에는 별이 가득 펼쳐져 있었다. 시선을 떨어뜨렸다. 달빛을 받아서 먼지 많은 흙길에 두 사람의 그림자만 길게 뻗어 있었다. 료헤이는 갑자기 자신들 둘만 이 세상에 내버려진 아이 같다고 생각했다.

걸음을 멈췄더니 여자의 고독이 전해졌다.

크기의 차이는 있지만 자신도 같은 걸 짊어지고 있다.

여자가 돌아보았다.

그 얼굴을 보고 료헤이는 "괜찮아요" 하고 말했다.

"당신은 좋은 사람이에요."

만난 지 얼마나 됐다고 그런 말을 하는 자신이 가볍게 느껴졌다. 그래서 다시 고쳐 말했다.

"아주, 좋은 사람 같아요."

이 또한 사내답지 않은 듯해 목소리를 높였다.

"근사하고, 좋은 사람입니다."

그 말에 여자의 동그란 얼굴에서 눈물이 또르르 굴러떨어졌다.

"정말 고마워요."

멀리 국도 방향에서 자동차 경적이 들렸다. 허둥지둥 다시 걸음을 재촉했다. 병원 가는 버스 편은 별로 많지 않다. 조금 서두르는 편이 좋을 듯싶었다.

료헤이는 왠지 멋쩍어서 걸음이 점점 빨라졌다. 여자도 옆에서 달음박질하듯 다리를 움직였다.

버스 정류장에는 아무도 없었다.

여자는 눈물과 땀을 같이 닦더니 공손하게 인사하며 "이제 됐어요" 하고 말했다. 료헤이는 버스 타는 걸 보겠다고 말하며 같이 벤치에 앉았다.

저 멀리 버스가 달려오는 모습이 보였다.

그걸 바라보는데 자연스레 말이 나왔다.

"누님 소개를 거절한 건 특별히… 그쪽에게 문제가 있어서가 아니고, 싫어서도 아닙니다."

여자가 부드러운 눈길로 미소 지었다.

"싫지는 않은데 마음이 내키지 않기도 하니까요. 알아요. 서운하지만."

"그게 아니라." 료헤이는 여자의 얼굴을 봤다.

"뭐랄까, 오토미 씨는 젊어 보이고, 초혼인데 굳이 가난하고 자식까지 있는 홀아비의 그… 후처가 아니더라도 더 좋은 자리가 있을 거 같아서."

"있더라도."

여자는 잠시 생각한 다음 중얼거렸다.

"료헤이 씨 쪽이 좋았어요."

여자는 고개를 숙였다.

"결혼이라는 건, 좋아하는 사람에게 시집간다는 건, 제 인생에 있을 리가 없다고, 그렇게 단념하고 있었으니까."

"그래도… 그게."

"혼담은 요즘에 조금 들어오긴 하는데."

여자가 힘없이 말하고 웃었다.

"전부… 나이 든 사람을 잘 보살피지 않을까, 대가족 식사를 잘 챙기지 않을까, 친척이 없으니, 참을성이 많지 않을까. 가족이 아니라 일할 사람을 찾는 거 같아요. 복에 겨운 소리일지도 모르지만 그래도 저, 꿈이 있거든요."

여자는 얼굴을 두 손으로 감쌌고, 우는 건지 웅얼거리는 소리가 들렸다.

"좋아한다, 사랑이다, 아이 러브 유다, 그런 말은 없어도 돼요. 제가 차린 걸 맛있게 먹는 사람, 그거면 충분히 행복해요. 료헤이 씨는 그때 제 돼지 호빵을 맛있다면서 드셨어요. 그 기억만으로 평생 행복하고, 평생 믿으며 함께할 수 있어요. 일해줄 사람이 아니라 좋아서 아내를 맞이한 거라고 자신감을 가질 수 있어요. 왜냐하면 싫다고 생각한 상대가 만든 건 도저히 먹지 못하니까… 제가 만든 걸 그렇게 정신없이 먹은 사람은 료헤이 씨가 처음이에요."

버스가 천천히 다가왔고, 정류장 바로 못 미쳐서 신호등에 걸렸다. 료헤이는 여자의 선명한 노란색 원피스를 보면서 생각했다.

결코 가까운 길은 아니었는데 순식간에 시간이 흘러 있었다. 그사이에 맛본 건 맛있는 냄새와 놀람, 웃음, 어이없음, 한숨 등이었다. 마음은 어지러이 움직이고, 몸이 반응한 신기한 시간이었다.

분명히 인생에는 뭔가가 필요하다.

먹고 자고 일어나는 하루하루를 선명하게 채색하는 무언가. 행복을 느끼게 하는 무언가. 웃음, 기쁨, 놀람, 설렘, 기대, 마음을 움직이는 아름다운 무언가.

그건 분명히 나와 유리코, 그리고 눈앞에 있는 이 오토미라는 여자에게도 필요하면서 오랫동안 갖지 못한 것….

신호가 바뀌고 버스가 천천히 다가왔다. 어린 딸 이외에는 누군가에게 어딜 가자고 한 적이 없었기에 어떻게 말할지 망설였다.

눈앞에 버스가 멈추고 문이 열렸다.

오토미가 공손하게 머리를 숙이고 올라탔다.

"다음에, 딸아이와, 동물원에 같이 가시겠어요?"

여자가 돌아보았다. 그런데 문이 닫혔다. 천천히 출발한 버스를 향해 료헤이는 목소리를 한층 높였다.

"나고야에 있는 동물원, 당신이 괜찮다면 갑시다. 판다… 판다는 없지만."

여자는 버스가 가는 방향과 반대로 통로를 걸어와서 뒷좌석 창문에 달라붙다시피 하며 웃었다. 울고 웃는 그 동그란 얼굴이 왠지 사랑스러워 더 크게 소리 질렀다.

"이봐요, 들려요, 들려? 동물원, 동물원, 대답 기다리겠습니다…."

료헤이는 "기다리겠습니다" 소리 지르는 자신의 커다란 잠꼬대에 눈을 떴다. 집으로 찾아왔던 그날의 오토미 얼굴이 떠올라서 어느새 울고 있었다.

그리고 반년이 지난 1973년 봄에 오토미는 이 집에 시집을 왔다. 그 뒤 30년 넘게 부엌에서 맛있는 냄새가 끊이지 않았다.

료헤이는 천천히 일어나서 오토미의 연표 '1972년' 부분을 채우려고 했다. 빈 부분에 눈물이 툭 떨어졌다.

한 번 떠오르기 시작하자, 여러 일들이 마음 가득 흘러넘쳤다. 이번에는 뭐부터 적을지 정할 수 없었다.

"료헤이 아저씨,
리본 하우스 애들은
이제 머리를 감을 때마다
오토미 선생님을 생각하겠죠?"
"화장실을 갈 때도 그럴 거다."
"난 그 말은 일부러 안 했는데."

6장

옴마의 그림 편지를 가지고 도쿄에서 돌아오자, 49재까지 남은 시간이 별로 없었다.

유리코는 점심으로 먹을 핫도그 샌드위치에 넣을 소시지를 구우면서 그날 저녁 어린 남자아이에게 핫도그를 만들어주었던 걸 떠올렸다.

33년 전, 어린 자신과 살기 시작했을 때 옴마도 그런 신비롭고 달콤한 마음을 맛보았을까.

그랬다면 아주 기쁜 일이다.

그날 밤, 히로유키는 아유미를 집까지 바래다준 다음 세타가야의 집으로 돌아온 듯했다. 휴대 전화로 돌아왔다는 말과 함께 만나서 이야길 들어주었으면 좋겠다는 문자가 왔다. 문자를 확인했을 때는 이미 이모토와 신칸센을 탄 다음이었다. 설령 타기 전이었더라도 만나지 않았을 것이다.

길은 이미 나뉘었다.

다 익은 소시지를 빵에 끼웠다. 히로유키는 이 핫도그 샌드위치를 아주 좋아했다. 세타가야 집에서도 자주 만들었다. 마지막에 뿌리는 케첩에 살짝 다른 맛을 가미했는데, 히로유키는 그 풍미를 특히 좋아했다.

빨간 케첩을 집어 들었을 때 불현듯 루비로 된 오비도메가 떠올랐다. 그 오비도메는 결국 돌려줄 타이밍을 놓쳐서 아직 가지고 있었다. 히로유키의 아이가 태어나면 기회를 봐서 어떻게든 다른 선물과 같이 보내기로 마음먹었다.

그런 생각을 한 순간, 하루미의 비명이 들렸다.

"일 났네, 일 났어."

이어서 아버지가 뭔가를 외쳤다.

이모토와 하루미가 소란을 피우는 건 익숙하지만 아버지가 비명을 지르는 건 드문 일이었다. 부엌에서 복도 쪽을 내다봤다.

아버지와 하루미는 헛방을 정리하고, 이모토는 창고를 청소한다고 했다.

오전에 연회를 위해서 1층 가구들을 창고로 옮기자고 의논하는데, 이모토가 옴마의 작업실과 그 안쪽 헛방도 이용하자고 제안했다. 그 두 방에 짐들이 들어가면 가구를 밖으로 옮기지 않아도 되었다.

그런데 헛방은 옴마의 작업실 안쪽에 있어서 아버지는 뭐가 있는지도 잘 모르는 모양이었다. 그래서 이참에 정리하기로 했다.

아버지 목소리가 들렸다.

"얘들아, 살려줘, 살려다오."

유리코는 허둥지둥 부엌에서 나와 작업실로 향했다. 그런데 방 안쪽의 헛방 문이 열리지 않았다. 헛방 안쪽에 대고 어떻게 된 일이냐고 물어보자, 아버지가 휴지로 완전히 막혔다고 대답했다.

"막히다니, 어디 가요?"

"문 앞. 두루마리 휴지가 위에서 통로로 쏟아져서 완전히 막았어."

"통로? 위에서? 두루마리 휴지? 왜 그런 게 쏟아지지?"

유리코는 중얼거리면서 문을 몇 번이나 밀어보았다.

헛방 안쪽으로 뭔가가 막고 있는지 문은 꿈쩍도 안 했다. 이모토가 뛰어와서 같이 문을 밀었다. 둘이 밀어도 문은 조금도 열리지 않았다.

"유릿치 언니, 창문 없어요?"

"아버지, 창문은요? 안쪽에 있는 창문으로 못 나와요?"

"상자들로 막혔어." 아버지가 대답했다.

"창문이 어딘지도 모르겠다. 우리는 만원 전철을 탄 것처럼 움직일 수 없어. 삼면은 상자로 벽이 만들어지고 눈앞은…."

"두루마리 휴지…."

이어서 말을 받는 하루미의 딱한 목소리가 들렸다.

"둘 다 다친 데는 없어요?"

"다친 데는 없다. 하지만 마치 앞문은 호랑이, 뒷문은… 오오, 카미* 야."

"저게 유머야?" 이모토가 중얼거리고, 하루미가 아버지에게 무슨 뜻인지 물었다.

"아차" 하는 아버지 목소리가 들렸다.

"이상한 소리를 했더니 화장실이 급해졌어."

"료헤이 아저씨, 큰 거, 작은 거?"

● '오카미'는 '이리', '카미'는 '종이'의 의미로 휴지가 가로막고 있음을 비유한 말장난. 본래는 '앞문의 호랑이, 뒷문의 늑대'로 사면초가를 뜻한다.

"아주 아주 큰… 초특급."

"으아, 큰 거래!" 그러면서 이모토가 방에서 나갔다.

큰일이다 싶어서 유리코는 더 열심히 문을 밀었다. 그때 이모토가 발소리를 크게 울리며 돌아왔다.

"유릿치 언니, 자, 비켜요."

유리코가 시키는 대로 비켜서자, 이모토는 기묘한 소리를 내면서 갑자기 손에 든 골프채로 문을 내리쳤다.

몇 차례 내리치기만 했는데 합판 문은 시원스레 깨졌다. 낱개로 포장된 두루마리 휴지가 작업실로 와르르 쏟아져 나왔다.

"고마워, 이모토."

유리코는 두루마리 휴지를 치우면서 이모토를 올려다보았다.

"정말 고마워."

"뭐, 이 정도야." 이모토가 머리를 긁적였다.

"문짝을 부숴놓고 이렇게 고맙다는 말을 듣다니."

아버지가 두루마리 휴지를 헤치며 나오더니 뛰어갔다. 그 뒤 하루미가 먼지투성이가 되어 나왔다.

"얘들아!" 화장실 쪽에서 커다란 목소리가 들렸다.

"그 휴지, 엄청나게 많으니까 일단 차례대로 거실로 옮겨. 이건 시작이고 안에는 정체 모를 것들이 더 있다."

유리코는 하루미의 먼지를 털어주면서 헛방을 보았다.

"도대체 뭐야… 이 방."

"내 예감인데요."

이모토가 골프채에 두루마리 휴지를 끼워 운반하면서 말했다.

"다음에는 화장지가 나오고, 그다음은 샴푸, 다음은 비누가 나오고, 마지막으로 수건이 나올 거 같아요."

설마, 하고 생각했다. 그런데 이모토의 예감은 적중했다.

두루마리 휴지를 옮긴 다음 헛방에 들어갔다. 3평 남짓한 방에는 천장에 닿을 정도로 상자가 가득 쌓여 있었다. 손에서 손으로 전달하며 그 상자를 넷이 거실로 운반했다. 그 작업만 거의 한나절이 걸렸다.

나온 물건들을 모두 분류해 보았다. 화장지와 두루마리 휴지, 샴푸와 린스 세트, 비누, 수건, 통조림, 생수병이었다.

일반적으로 두루마리 휴지는 네 개나 여섯 개씩 포장되어 파는데, 이건 낱개 포장이었다. 아마 폐지를 교환해 얻은 모양이다. 종이가 뻣뻣하다고 아버지가 싫어해서 오랫동안 헛방에 차곡차곡 쌓아두었는데 뭔가를 건드리는 바람에 모두 무너져 내린 듯했다.

상자들을 앞에 놓고 이모토가 팔짱을 끼었다.

"선생님이… 자기가 죽으면 분명 료헤이 아저씨와 유릿치 언니가 처분하기 곤란해할 게 있다고 했는데."

이모토가 차분하게 말했다.

"이거였구나…."

"정리를 잘하는 게 화가 됐어."

유리코는 중얼거리며 주변을 둘러보았다.

"아니면 이 많은 걸 어떻게 저 안에 넣겠어."

"장사라도 하려고 했나."

거실에 들어온 아버지가 고개를 갸웃했다.

"아니면 석유 파동에 대비했거나."

"지진이나 태풍에 대비한 게 아닐까요?"

"하긴 옴마는 항상 재난을 대비해서 비축해 두는 게 중요하다고 하셨어요."

유리코는 다시 바닥을 점령한 생활용품들을 보았다. 49재는 2주 앞으로 다가왔다. 이래서는 청소도 못 한다.

하루미가 벽장 위쪽에서 또 상자를 발견했다면서 꺼내

들고 왔다.

안에는 건빵과 통조림이 가득 들어 있었다.

틀림없이 재난 대비용이었다.

아버지가 한숨을 내쉬며 산처럼 쌓인 두루마리 휴지를 보았다.

"아무리 그래도… 정도가 있지. 대체 엉덩이를 몇 번이나 닦아야 이 휴지가 없어지는 거냐?"

"죽어라 닦아야지" 하고 이모토가 눈을 크게 떴다.

"목숨이 다하던지, 휴지가 다하던지, 대결이야."

"그런 결전, 싫어."

하루미가 산처럼 쌓인 두루마리 휴지를 손가락으로 쿡쿡 찔렀다.

"이게 돈이라면 떼돈 버는 건데…."

"그런 천박한 소리 하는 거 아니다, 하루. 그런데 너한테 일본어 가르친 녀석은 쓸데없는 소리만 했구나."

아버지가 손뼉을 짝짝 쳤다.

"아무튼 나는 이렇게 필요 없다. 유리코, 전부 가져가라."

"어디로요?"

"아차차…" 하고 이모토가 중얼거렸고, 하루미는 어깨를 움츠렸다. 그리고 아버지는 당황한 듯 등을 돌렸다.

그 등을 보면서 유리코는 생각했다.

이제 앞으로 어떻게 살 건지 결정해야 한다.

도쿄에서 돌아오자 2층 방에 작은 옷장이 놓여 있었다. 앞으로 이 집에서 지낸다면 제대로 된 가구를 사겠지만 우선 이걸 쓰라고 아버지는 말했다. 그 가구는 나뭇결 문양의 칼라 박스에 등나무 바구니가 들어 있는 형태였다. 간소했지만 임시 거처라는 쓸쓸함을 느끼게 하지는 않았다. 아버지가 열심히 생각해서 골라줬다는 게 전해졌다.

이 집에 돌아와서 아버지와 같이 지낼까.

그런데 지금은 도쿄에서 지낸 세월이 더 길어서 이 동네에는 별로 친근감이 없다.

'게다가…' 유리코는 손바닥을 보았다.

아유미 집에서 강아지를 본 뒤 계속 떠오르는 광경이 있다. 히로유키가 그 강아지를 데리고 온 날의 일이다.

그날 밤, 강아지는 히로유키의 품 안에서 기분 좋게 잠들어 있었다. 반질반질한 검은 털에 감은 눈의 윗부분만 갈색인 모습이 아주 사랑스러웠다.

히로유키는 그 강아지를 소중하게 안고 와서 울고 있는 유리코에게 살며시 건네주려고 했다.

하지만 유리코는 받지 않고 건성으로 강아지를 쓰다듬었

다. 그런데도 따스했던 강아지 등의 감촉은 지금도 선명하게 기억난다.

잃고 나서야 비로소 깨달았다.

바라던 꽃은 없었을지라도 또 다른 아름다운 꽃이 항상 피었다는 걸.

눈앞의 애정을 당연하게 받아들이고 소홀히 했다는 걸.

분노보다 후회만이 끓어오르고 마음은 격해진다.

그 마음이 사라질 때까지만이라도 같은 하늘 아래에서 살고 싶다.

하지만 이 집에 돌아오는 게 가장 좋을 것이다.

아버지에게도, 유리코 자신에게도.

"유리코, 뭘 그렇게 멍하니 있나?"

좋은 생각이 떠올랐다며 아버지가 웃고 있었다.

"연회 때 사람들에게 나눠줄까?"

"아버지…."

발밑에 차곡차곡 담아놓은 수건들을 보았다.

집안 경축이라고 적혀 있었다.

"수건은… 친척들한테 받은 게 많은 거 같아요. 좀 그렇지 않아요?"

"법회에 와서 휴지 같은 거 받는 건 싫은데요."

"추첨에서 떨어진 거 같아."

"그렇군." 아버지가 고개를 끄떡였다.

쭈그리고 앉아서 샴푸를 집어 든 이모토가 고개를 번쩍 들었다.

"그러면 리본 하우스에 주는 건 어때요? 다 멀쩡하고 좋은 거고요. 거긴 여자들만 있어서 샴푸, 비누는 아무리 많아도 부족할 지경이에요."

아주 좋은 생각이었다. 생활용품을 운반하는 김에 리본 하우스 직원한테 옴마 이야기를 들을 수 있으면 연표의 빈 부분을 조금은 채울 수 있을 것이다.

아버지의 찬성으로 바로 그날 리본 하우스에 연락했다.

전화를 받은 사람이 옴마를 잘 알고 있어서 이야기는 간단하게 끝났다. 물건들이 얼마나 있는지 말하자 경트럭으로 가지러 오기로 했다.

그리고 나서 한 시간쯤 지나자 이번에는 품위 있는 어떤 여자한테 전화가 왔다. 리본 하우스에서 원장을 지낸 사람으로 물건들을 받으러 가는 날 함께 가고 싶다고 했다. 아버지에게 감사 인사도 하고 옴마의 불단에 합장을 하고 싶다는 것이었다.

그 사람은 옴마가 결혼 전에 일하던 병원 동료이기도 한

225

모양이었다. 49재 연회와 옴마의 연표 얘기를 하자, 옴마의
사진을 찾아보겠다고 했다.

전화를 끊고 2층으로 올라가서 연표를 꺼냈다.

옴마의 처녀 시절 부분이 텅 빈 종이를 보았다.

거기에 조금이라도 옴마의 역사를 적을 수 있다는 사실
이 너무나도 기뻤다.

날씨가 맑게 갠 아름다운 가을날, 리본 하우스에서 경트
럭이 왔다.

높고 푸른 하늘은 맑았고 산뜻한 바람이 살랑살랑 기분
좋게 불었다.

트럭 조수석에는 옴마와 비슷한 연배로 보이는 아담한
노부인이 앉아 있었다. 흰머리를 보라색으로 옅게 물들이
고 같은 계열의 연보라색 안경을 꼈다.

아버지와 이모토가 인사하자, 노부인이 눈부시다는 듯
이모토를 보았다.

리본 하우스의 원장을 은퇴한 지 오래돼서 요즘 원생들
은 잘 몰랐지만, 아버지의 설명을 듣고 상당히 기뻐했다.

"고마워요, 고마워" 하고 노부인이 중얼거리며 이모토 손을 어루만졌다. 이모토는 쑥스러운 듯 웃더니 하루미와 상자들을 운반하기 시작했다.

거실과 불단이 있는 방까지 짐들로 가득 차 있어서 노부인은 2층으로 올라가게 했다. 아버지는 마음이 불편한 듯 짐 나르는 걸 거들겠다고 했다.

이모토와 하루미에게 맡기는 게 걱정되는 모양이었다.

바로 아래층에서 아버지가 지시하는 목소리가 울렸다. 상당히 의욕적이다.

"여전히 목소리가 멋지시네요."

노부인이 웃었다.

"죄송합니다. 아버지 성격상 목소리가 금방 커져서요."

"하지만 오토미 씨는 그 목소리를 좋아하는 거 같았어요. 호통치는 목소리가 건강의 기준이라고."

세상에 그런 기준이 있을까.

사실 유리코는 아버지가 큰 소리 내는 게 좀 불편하다.

노부인은 인사를 한 다음 자신을 사토미라고 소개했다.

"오토미와 사토미. 우리는 이름이 비슷해서 금방 친해졌어요. 나이는 내가 조금 어렸지만, 줄곧 오토미 씨라고 불렀어요."

사토미는 옴마의 연표를 바라보더니 미소 지었다.

"그건 그렇고 '발자국'이 상당히 크군요. 오토미 씨, 기뻐하겠어요."

사토미는 연표에 붙인 그림 편지를 가만히 어루만졌다.

"그림 편지도 어쩜 이렇게 예쁘게 붙여놓고."

"하지만 실은… 저는 어머니에 대해 잘 몰라서요. 이 그림 편지는 연표를 채우지 못해서 대신 붙인 거예요. 그래도 아직 빈 곳이 많아요. 뭐든 좋으니까 이 연표에 쓸 만한 일이 있으면 가르쳐주시겠어요?"

"오토미 씨가 이곳에 오기 전은 잘 몰라요."

"하지만 그때부터라면 어머니와는 꽤 오래 친분이 있으신 거네요."

"오래되었죠. 오토미 씨 할아버님이 살아계셨을 때니까. 제 아버지가 경영하시는 병원에 오토미 씨 할아버님이 입원하셨어요. 나는 거기서 사무를 보고 있었고요."

당시 그 병원은 부자들을 위한 장기 요양 시설이었던 모양이다. 그다음에 의존증들을 치료하는 병원이 되었고, 10년 전에는 부속된 형태로 사토미가 여성들을 위한 지원 시설을 세웠다고 했다.

그런 병원에 입원할 정도로 옴마의 할아버지는 형편이

넉넉했던 듯하다. 처음에는 하마나코 호수 근처의 별장에서 요양했던 모양이다. 그런데 옴마 혼자서 돌봐드리기 어려워지자, 이곳으로 옮겨왔다고 했다.

"손녀라기보다는 몸종처럼 여기는 면이 있었어요. 오토미 씨가 없으면 식사도 안 하시고. 단식 투쟁이죠. 제 추측으로는 오토미 씨 어머님이 마음에 안 드셨던 거 같아요. 착란 증세가 나타나면 다른 사람과 착각하셔서는 오토미 씨를 때리고 발로 차기도 하는 걸 본 적이 있어요. 늙어서 힘이 없을 거 같죠?"

사토미가 희미하게 웃었다.

"그런데 봐주거나 하는 게 없어서 아파요. 차라리 도망가지, 그런 생각도 했지만 유일한 가족이라서 떨어지지 못한 거겠죠."

할아버지가 세상을 뜬 뒤에도 옴마는 그 병원에서 일했던 모양이다.

"병원 밖이 무섭다고 했어요. 그럴 만도 하죠. 어릴 때부터 계속 할아버지 옆에 붙들려 지냈고, 그다음에는 그 병원에 왔고…, 그 병원이라면 기숙사가 있어서 숙식 해결되면서 일할 수 있고, 어떤 의미에서는 안전하죠. 당시에는 결혼 안 한 30대 여자가 일할 만한 곳이 별로 없었거든요."

"아버지와 알게 되신 것도 그 무렵인가요? 중매라고 들은 적이 있는데요."

"맞아요, 맞아!" 사토미는 그립다는 듯 웃었다.

"그때는 하늘에라도 오를 것 같아서 보는 내가 다 흐뭇했어요. 하지만 처음에는 만나기 전에 거절당했다는 거 같았어요."

"거절이요? 아버지가?"

"자세한 건 몰라요…. 병원 주방에서 풀이 죽어 있는데 식자재를 납품하는 사람과 다른 사람들 모두 독려하면서 이유나 들어보라고 부추겼어요. 내가 자동차로 이 근방까지 데려다줬어요. 하지만 그런 건 못 적겠죠…. 그때는…, 이렇게 말하면 안 되겠지만, 오토미 씨에게는 쓸쓸한 이야기뿐이었던 거 같아요."

사토미가 고개를 숙이고 연표에 붙여놓은 그림 편지를 어루만졌다. 아버지가 낚시를 가서 대어를 낚았다는 이야기였다.

아래층에서 아버지 목소리가 울렸다. 이모토에게 그 상자는 무거우니까 하루미를 시키라고 말하고 있었다.

사토미의 얼굴을 보았다. 이것저것 알기는 해도 함부로 말할 수는 없는 듯했다. 그렇다면 최근에 리본 하우스에서 가진 활동에 대해 들어보기로 했다.

"어머니는… 리본 하우스에서 그림 편지를 가르치셨다던데요."

"전 오토미 씨의 그림을 아주 좋아했어요. 시설을 세웠을 때 자원봉사로 여자애들에게 그림 편지를 가르쳐달라고 부탁했죠. 새하얀 종이에 그림을 그리면 마음이 윤택해지고 얼굴을 마주하고 못 하는 말도 그림 편지라면 솔직하게 적어 보낼 수 있으니까."

그런데 처음에는 상대하는 원생들이 아무도 없었다고 사토미는 말했다.

"하지만 전혀 마음 상하지 않고 빈 시간에 싱글벙글 웃으면서 시설 구석구석을 닦더군요. 어떤 마법을 부리는지 오토미 씨가 청소하면 문손잡이도 반짝거리죠. 정리 정돈이라는 말은 해도 실천하기 쉽지 않잖아요. 그런데 특별히 깨끗해지면 모두 더럽히지 말고 사용하자는 마음이 드나 봐요. 점차 아이들이 화장실과 욕실을 조심해서 사용하기 시작했어요. 그러는 동안에 단순히 어떻게 하면 방이 반짝거리는지 흥미가 생긴 아이가 있었어요. 그랬더니…."

문득 옴마의 레시피 카드집이 생각났다.

2층 이 방에 카드를 한 장 가지고 왔었다.

책상 위에 있던 카드를 가져와 사토미에게 건넸다.

"이 카드예요."

카드를 본 사토미의 시선이 유리코의 머리에 멈췄다. 카드에는 머리를 간단하게 틀어 올리는 방법이 적혀 있었다.

"그 레시피를 보고 따라 해봤어요."

사토미는 잘 어울린다며 칭찬했고, 여자아이의 일러스트를 가만히 어루만졌다.

"이 여자아이 그림, 볼 때마다 참 귀엽다고 생각했는데 따님이 모델이었군요."

사토미가 일러스트를 부드럽게 쓰다듬었다.

"이 레시피 카드요, 이거야말로 오토미 씨의… 연표가 아닐까요?"

"오토미 씨가 그런 말을 했어요" 하고 사토미는 카드를 살며시 가슴에 댔다.

"자기는 부모가 없었기 때문에 당연히 어머니한테 배워야 했던 걸 배우지 못했다. 그래서 다른 사람에게 배우거나 깨달은 것들을 하나하나 잊지 않게끔 적어두었다고."

"그게 언제쯤이에요?"

"아주 오래전, 할아버님이 살아계실 때요. 그때는 카드에 연필로 깨알 같은 글씨가 꽉 차 있었어요. 그런데 10년 전에 봤을 때는 이처럼 예쁜 그림이 되어 있었어요. 마음에 여유가 생겨서 하나하나 깨끗이 다시 옮겨 쓰고 있었는지도 모르겠어요."

사토미가 돌려준 카드를 보았다.

소녀 시절의 자신이 헤어브러시를 손에 든 채 웃고 있었다. 그 웃는 얼굴이 번져 보여서 허둥지둥 눈물을 훔쳤다.

사토미도 눈물을 닦았다.

"하지만, 그렇기에, 전 따님에게 사과해야 해요."

사토미는 오늘 찾아온 이유도 그 때문이라며 미안해하는 목소리로 말했다.

"뭘요?"

"말씀하신 49재 연회요. 리본 하우스를 졸업한 오비OB들에게 개별적으로 연락하는 건 좀 어려워요. 연락처를 모르는 사람들이 많은 탓도 있지만…."

"크게 대접하지는 못하더라도… 그래도… 만약 괜찮다면 그분들이."

말하다가 유리코는 깨달았다.

분명 모두 여러 사정이 있을 터다.

"어쩌면… 어머니를 만났던 걸…, 리본 하우스에서 지냈던 걸…, 숨기고 싶은 사람도…."

사토미가 고개를 끄떡였다.

"있을 거예요. 집에 초대장이나 메일이 와서 어디서 만난 사람이냐고 누가 묻는다면, 그런 지원 시설에서 지냈다고 솔직하게 말하는 걸 주저하는 사람도 있을 거예요. 하지만 그건 그걸로 됐어요. 잊고 싶고 숨기고 싶다는 건 지금 행복하다는 거니까."

유리코는 옴마의 카드를 집었다. 그 '발자국'도 어쩌면 같은 이유로 다시 읽게 되는 일은 없을지도 모른다.

오비 측에서 리본 하우스에 연락을 주는 건 대환영이라고 말하는 사토미 목소리가 들렸다. 지병이 있으면 건강이 걱정되어서 이쪽에서 먼저 연락하기도 하는 모양이다.

그런데 원칙적으로 리본 하우스는 병이라고 진단받지 않은 상태에서 마음의 상처를 받거나 뭔가에 의존하게 된 여성들을 지원하는 곳이다. 자립과 자율을 익혀서 졸업하면 가능한 한 연락하지 않도록 하는 모양이다.

"우리는 테이크 오프 보드예요." 사토미가 말했다.

"테이크 오프 보드, 뜀틀에 발판이 있잖아요. 우리는 그 발판이에요. 힘껏 뛰어가서 발판을 힘차게 차고 날아오르면 더 이상 떠올리지 않아도 돼요. 과거를 뛰어넘었다는 사실에 자신감을 가지고 똑바로 달려가면 되는 거예요."

"돌아보면 안 돼요." 사토미가 힘주어 말했다.

"떠올리지 않아도 돼요. 떠올려서는 안 돼, 날기 전의 세상일은."

"발판, 이요…."

아무 생각도 없이 사람들을 부르려고 했다. 단순하게 엄마와 알고 지냈던 사람들이 와주면 좋겠다고 생각했다.

'테이크 오프 보드.' 속으로 중얼거렸다.

단지 밟히기만 하는 발판.

아무리 열심히 해도 떠올려주는 사람은 없는 걸까.

사토미가 온화한 눈으로 유리코를 보았다.

"오토미 씨만이 아니라 리본 하우스 자체가 테이크 오프 보드예요. 하지만 크게 생각하면 사람은 그런 존재가 아닐까요? 부모가 자식을 받쳐주듯 모두 누군가의 발판이 되어서 다음 세대를 앞으로 날려주는…."

"저는…."

받쳐줄 자식이 없다고 말하려다가 유리코는 잠자코 입을 다물었다.

"저는…." 그 말을 잇듯이 사토미가 말했다.

"혼자예요. 결혼을 안 했어요. 시설을 맡아줄 일가친척들도 없어요. 누구와도 연결되지 않은 인생인지도 모르죠. 그래도 제 일을 테이크 오프 보드 삼아서 분명히 누군가가 앞으로 나아가고 있어요."

"잊히는 게 쓸쓸하지 않으세요?"

"쓸쓸하지 않다면 거짓말이겠지만⋯."

사토미가 창밖으로 시선을 옮겼다.

"요즘에는 이런 생각도 해요. 그건 서로 마찬가지라고. 세상은 우리가 알지 못한 수없이 많은 익명의 테이크 오프 보드로 이루어졌다⋯."

"무슨 말이에요?"

사토미가 웃으며 전지를 집어 들었다.

"예를 들면 우리는 누가 이 종이를 만들었는지 몰라요. 이걸 누가 운반했는지도 모르고, 팔았는지도 모르고. 하지만 이름도 모르는 그분들 덕에 우리는 이렇게 오토미 씨의 연표를 보고 있어요. 그리고 당신이 지불한 돈으로 이 종이에 관련된 사람들의 생활이 앞으로 나아가고 있어요."

지금은 일을 그만뒀다는 사토미가 말을 이었다.

"몸 상태가 좋다, 안 좋다 해서 움직이지 못하는 날이 있거든요. 은퇴해서 한동안은 일하지 못하는 저 자신이 너무 한심했어요. 하지만 어떻게 하느냐에 따라서 저도 아직 누군가의 테이크 오프 보드가 될 수 있는 거 같아요. 이렇게 살아 있고, 생활해요. 또 마음 쓰이는 일이 있고, 마음 써주는 사람이 있어요. 그것만으로도 사람은 누군가를 날게 하고 자기도 누군가의 도움으로 날면서 함께 나아가는 기분이 들어요. 그건 수많은 익명의 테이크 오프 보드 덕인 거죠. 서로 마찬가지니까….”

“잊혀도 괜찮다는 건가요?”

아무 말 없이 사토미가 미소 지었다.

노란빛을 띤 오후 햇살이 방으로 들어왔다.

아참, 사토미가 부끄럽다는 듯 가방을 뒤적거렸다.

“또 하나 중요한 게 있어요. 오토미 씨가 젊었을 때 모습이 담긴 사진….”

“빌려주시는 거예요?”

“그게… 오토미 씨는 사진 찍는 걸 싫어해서… 아무것도 없어서.”

“미안해요.”사토미가 고개를 숙이며 한숨을 쉬었다.

“찾았는데 이거 한 장밖에….”

사토미가 손수건으로 눈가를 지그시 누르더니 사진을 내밀었다. 유리코는 자세를 고쳐 앉고 그 사진을 받았다.

“이, 이게… 뭐죠?”

그 흑백사진에는 얼굴에 뭔가를 바른 사토미와 옴마가

털실로 된 가발을 쓰고 서 있었다. 두꺼운 판지로 만든 금방 망이를 들고 두 사람은 유쾌하게 웃고 있었다.

"도깨비예요…." 사토미가 부끄러운 듯이 꺼질 듯한 목소리로 말했다.

"입춘 전날, 마메마키* 파티할 때…."

사진 뒤에는 1973년 2월이라고 적혀 있었다. 아버지와 결혼이 결정되고, 다음 달에는 퇴직하기로 되어 있었다고 사토미가 설명을 덧붙였다.

"날은 추웠지만 환자들은 콩을 뿌리고, 웃는 얼굴을 하고서 밖으로 뛰어나가는 오토미 씨를 보고 있으면 정말 축하한다는 생각이 들었어요. 기나긴 겨울이었지만 마침내 봄이 온 것 같아서."

옴마가 뛰어가는 모습이 왠지 선명하게 떠올랐다.

유리코는 사진 속 옴마가 지금의 자신과 같은 나이라는 걸 깨닫고 다시 한번 바라보았다.

옴마는 밝게 웃고 있었다.

계단을 올라오는 발소리가 들리고, 아버지가 나타났다. 짐을 모두 실었다고 했다.

● 입춘 전날 귀신을 쫓기 위해 콩을 뿌리는 행사.

사토미가 일어나서 연표를 내려다보았다.

"제 이야기는 정말 하나같이 쓸쓸한 얘기뿐이네요…. 오토미 씨가 그때의 일을 가족분들에게 별로 이야기하지 않았다는 건 별로 떠올리고 싶지 않은 시절이었기 때문인지도 모르겠어요. 그렇게 생각하면… 오토미 씨의 속내를 잘 모르는 제가 말하길 잘한 건지…."

유리코는 두 도깨비가 웃는 사진을 보았다.

"빌려주신 이 사진을 붙이고…. 병원에서 일했다고만 쓰면 어떨까, 싶어요. 사진에 '입춘 전날 직장 파티에서'라고 덧붙이면 그걸로 전해질 거 같아요. 힘든 시기도 있었지만, 좋은 친구도 있었구나 하고."

사토미가 미소 지었다. 그리고 아버지를 올려다보았다.

"오토미 씨는 가족들과 정말 행복하게 살았나보네요."

순간 무슨 말을 하려던 아버지가 바닥에 펼쳐진 전지를 내려다보았다.

한 마디 불쑥 내뱉는 소리가 들렸다.

"그건 본인만… 아는 거죠."

아버지는 가볍게 인사하고, 계단을 내려갔다.

유리코는 돌아갈 채비를 마친 사토미와 밖으로 나갔다. 경트럭에는 상자들이 차곡차곡 쌓여 있었다.

가지런히 쌓인 상자들에 감탄하며 아버지와 이모토, 하루미를 보았다.

들리던 목소리로는 잘되고 있지 않는 느낌이었는데, 사실 이 세 사람은 제법 호흡이 잘 맞는 모양이었다.

경트럭 뒤에는 하루미의 비틀이 서 있었다. 다 싣지 못한 짐들은 따로 실어다 준다고 했다.

아버지가 사토미에게 작별 인사를 하고 허리를 문지르면서 비틀의 앞부분에 기댔다.

아앗, 하고 하루미가 운전석에서 얼굴을 내밀었다.

"아버지, 기대면 안 돼."

아버지가 의아한 얼굴로 쳐다보았다.

"너도 이 차에 자주 기대잖느냐."

"기대는 장소, 달라. 거기는 얼굴, 자동차 얼굴."

"그러냐" 하며 아버지는 프론트 그릴에서 떨어지더니 다시 앞바퀴 위쪽으로 기댔다.

"여기는 괜찮냐? 허리가 아파서."

"출발해요."

"오냐." 아버지가 자동차에서 떨어지자, 앞에 있던 트럭이 출발했다. 하루미가 시동을 걸고 뒤를 따라갔다.

트럭은 경쾌하게 달려서 다리를 건너갔다. 그런데 하루미의 비틀은 아직 다리 앞에 있었다.

"하루, 괜찮을까. 도중에 혼자 남겨질 거 같은데."

"이미 남겨졌구면." 아버지가 중얼거렸다.

"정말 느리군. 저건 비틀이 아니라 터틀이야."

"그렇게 부르는 나라도 있나 보던데요. 물이나 액체류는 무거우니까."

이모토가 걱정스럽게 비틀을 바라보았다. 그리고 앞치마에서 휴지를 꺼내 코를 풀었다.

"료헤이 아저씨, 리본 하우스 애들은 이제 머리를 감을 때마다 선생님을 생각하겠죠."

"화장실에 갈 때도 그럴 거다."

아이참, 이모토가 아버지의 등을 탁탁 쳤다.

"난 그 말은 일부러 안 했는데."

이모토가 또 휴지를 꺼냈다. 한 장이 바람에 날렸다. 유리코는 그 모습이 마치 민들레 홀씨 같다고 생각하면서 휴지를 살며시 잡았다.

발판, 테이크 오프 보드라는 말이 가슴에 울렸다.

연회를 열어도 와줄 사람은 별로 없을지도 모른다.

마음이 무거웠다.

그래도 그 두 사람이 날려 보낸 여자애들은 분명히 어딘가에서 무언가를 싹틔우고 있을 것이다.

머나먼 동네의 어느 부엌에서 그 레시피의 요리를 만들고 있을지도 모른다.

휴지를 쥐고 고개를 들었다. 노란색 비틀이 느릿느릿 다리를 건너가고 있었다.

온 집 안의 청소가 끝나고, 마침내 49재 대연회가 하루 앞으로 다가왔다.

유리코가 창문을 닦기 위해 거실로 세제와 걸레를 들고 와서는 피식 웃었다. 마당을 청소하는 하루미와 아버지가 똑같이 그 줄무늬 티셔츠를 입고 있었다.

오늘은 하루미가 도와주러 오는 마지막 날이었다.

미리 약속이라도 한 양, 오늘 아침 이모토와 하루미가 줄무늬 티셔츠를 입고 왔다. 우연히 유리코 자신도 같은 티셔츠에 청바지, 흰색 셔츠를 입었는데, 그걸 보고는 아버지도 맞춰 입은 듯했다.

거실 한가운데에 서서 주변을 둘러보았다.

오늘까지 일주일 동안은 거의 가구를 옮기고 청소하며 보냈다. 그 덕에 지금은 온 집 안이 깨끗해졌고, 아주 상쾌한 공기로 가득 차 있었다.

오늘은 청소 마지막 마무리로 모두 같이 창문을 닦기로 했다. 세 사람을 부르자 모두 모여들었다.

아버지가 조금 부끄럽다는 듯 말했다.

"음, 그게, 티셔츠라는 건 작업복이잖냐. 굳이 맞춰 입은 건 아니다. 이럴 때 입어야 하는 거야."

"누가 뭐래요? 료헤이 아저씨."

이모토가 웃으며 유리 세정 스프레이를 들고 밖에 나갔다. 아버지가 걸레를 들고 따라 나갔다. 유리코는 하루미와 실내에서 창문을 닦기로 했다.

이모토가 밖에서 큼지막하게 하트 무늬를 그리고 안에 료헤이, 이모토라고 적었다.

"이것 좀 봐봐요, 료헤이 아저씨. 러브러브 마크, 합우산●

● 우산을 그리고 그 밑에 남녀의 이름을 써서 둘 사이를 놀리는 낙서.

이에요."

"요즘 합우산은 우산으로 안 하나?"

"네, 안 해요. 봐요, 좋아, 정말 좋아, 료헤이 아저씨."

아버지는 걸레로 깨끗하게 글자를 지웠다.

"아아, 사랑이 사라졌어~."

"실없는 소리 말고 어서 닦기나 해, 이모토."

이모토가 다시 옆 창문에 하트를 그리고, 그 옆에서 아버지가 지워나갔다.

하루미가 조그맣게 웃었다.

그 옆얼굴이 왠지 쓸쓸하게 보여서 유리코는 창문에 'HARUMI(하루미)'와 'IMOTO(이모토)'라고 썼다. 그러자 밖에 있던 아버지와 이모토가 웃었다.

"왜?"

"대, 대박, 유릿치 언니. 안에서 'IMOTO'라고 쓰면 밖에서는 'OTOMI'예요. 굉장하지 않아요? 사랑이 느껴져요."

"하루는?"

"HARUMI는 이무라, 하지만 R이 뒤집혀버리네요."

이모토가 스프레이로 'IMOTO', 'OTOMI'라고 쓰고는 말했다.

"나, 정말 오토미 선생님이 환생했나 봐요. 유릿치 언니

244

생각엔 어떤 거 같아요?"

"어떠냐고 물어도."

"아무리 그래도 그런 일은 없다."

아버지가 세정제를 유리에 뿌리면서 말했다.

"우리 오토미는 그래도 아주 고상했어. 몇 번을 다시 태어나도 뭘 자르라는 소리는 절대 안 한다."

"뭘 잘라?" 하루미가 물었다. 유리코가 배 아래를 가리키자, 하루미가 한숨을 쉬었다.

"상스러. 누나, 상스러워."

"나, 아니야. 이모토가 한 말이야."

"내가 뭘요? 왜 나보고만 그래?" 이모토가 손을 허리에 댔다.

"그럼 묻겠는데, 그때 내가 만든 시오 라멘 먹고 엉엉 운 사람은 어디 사는 누구였더라? 언니, 아저씨였잖아요."

"너도 울었잖냐."

"그야 그렇지만."

"아버지."

유리코는 아버지가 정색하는 모습이 우스워서 그만 웃음이 났다.

"아이참…, 소리 지르지 마세요. 이웃에 다 들려요."

이모토가 웃었다. 그리고 다시 하트를 그렸다.

"료헤이 아저씨는 목소리가 커서 마음과 달리 호통치는 거 같아서 손해예요."

아버지가 못 들은 척 고개를 돌렸다.

"그런 건 말끝에 이응 받침 같은 거 붙이면 오해 안 받을 걸요. 어때용?"

"됐다."

아버지가 뽀드득뽀드득 소리를 내면서 유리를 닦았다.

"이응 받침이 싫으면 료헤이 아저씨, '꾸마'는 어때요? 어떻꾸마?"

"됐다."

"됐다, 꾸마."

"쓰지 않으면 안 돼꾸마, 아버지."

창문은 걸레로 문지를 때마다 투명해졌다. 아침 햇살이 남김없이 집으로 쏟아져 들어왔다. 그 안에서 이런저런 이야기를 하다 보니 왠지 행복한 기분이 들었다.

유리코는 자신도 모르게 창밖을 향해 말을 걸었다.

"그러면 아버지, '사이'는 어때요? 어미에 '사이'를 붙이는 거예요. '하이사이'의 사이. '구다사이*'의 사이."

"하이사이가 뭔데요?"

"오키나와 말로 안녕하세요."

"우루사이●●."

그리고 아버지가 웃었다.

옴마가 세상을 뜨고 내일 토요일이 되면 딱 49일이다.

가끔 눈물샘이 고장 난 듯 눈물이 쏟아질 때가 있지만 아버지와 유리코 자신도 조금은 마음의 여유를 되찾았다.

아버지가 하루미를 마당으로 불렀다. 지붕에 올라가서 2층 창문을 같이 닦자고 한다.

오늘이 하루미가 집에 오는 마지막 날이다. 유리코는 두 사람이 나란히 있는 모습을 바라보았다.

마치 할아버지와 손자 같다.

이모토가 사다리를 들고 왔다. 아버지가 타이밍이 좋다고 칭찬했다.

이모토도 내일 연회가 끝나면 어디론가 가버린다.

2층 창문을 가리키며 세 사람이 웃었다.

유리코는 별안간 울컥해서 허둥지둥 부엌으로 갔다.

오늘은 스키야키●●●를 해 먹을 생각이었다. 하지만 하루미

●　주십시오라는 의미.

●●　시끄럽다는 의미.

●●●　얇게 썬 소고기를 각종 야채, 두부와 함께 끓이는 일본식 전골.

247

와 이모토가 다른 먹고 싶은 게 있다면 뭐든지 해주기로 마음먹었다.

그날 저녁, 이모토와 스키야키를 준비하는데 이모토가 "스키야키, 좋아 좋아~." 짧은 콧노래를 불렀다. 가사는 그게 전부지만 묘하게 멜로디가 좋아서 귓가에 남았다. 어느새 유리코도 머릿속으로 따라 부르고 있었다.

아버지도 마찬가지인 듯했다. 식사를 마친 뒤 다다미에 드러누워서 콧노래로 그 멜로디를 흥얼거리고 있었다. 꽤 많이 취한 모습이었다.

부엌에서 설거지하는데 이모토가 접시를 닦으면서 또 불렀다.

"스키야키, 좋아 좋아~. 정말 좋아, 좋아 좋아~."

"이모토, 그 노래, 뭐야?"

"아아, 이게, 그냥 영혼의 외침이에요."

유리코는 귀여운 외침이라고 생각하면서 둘이 계속 정리했다. 그리고 차를 타가지고 거실로 갔다. 아버지 옆에서 하루미도 잠들어 있었다.

"하루미, 미안해. 그래도 오늘이 마지막인데 아버지만 술을 드셔서."

"운전해야 하니까." 하루미가 웃더니 일어났다.

"아버지, 일어나세요. 하루미도 일어났어요."

"오냐…" 아버지가 불분명한 목소리로 대답하고 몸을 뒤척였다.

하루미는 이제 일본을 떠나 고향으로 돌아간다고 했다. 아직 이곳에 고향 사람들이 있지만 한발 먼저 돌아가서 나중에 올 사람들을 맞을 준비를 한다고 했다.

"멀겠지." 아버지가 누운 채 중얼거렸다.

"얼마나 걸리냐?"

하루미가 난처한 얼굴로 어깨를 움츠렸다.

"설명, 어려워."

"아무래도 못 가겠구나." 아버지가 말했다.

"아버지, 오면 마중 가."

"연락은 어떻게 하냐?" 아버지가 몸을 뒤척였다.

"글쎄" 하고 하루미가 말했다.

"어려워."

이모토가 얼음물이라도 마시겠냐며 일어났다.

"료헤이 아저씨, 그렇게 곤드레만드레 취해 있으면, 하루미, 배웅 못 해요."

이모토가 물을 가져왔지만, 아버지는 일어나지 못했다.

하루미가 일어나서 안쪽에서 담요를 가지고 왔다. 그리고 손목시계를 보았다.

"아버지, 나, 이제 가."

아버지가 크게 숨을 내쉬며 일어나려고 했다.

"됐어." 하루미가 만류했다.

"일어나지 마. 그냥 있어."

"미안, 미안하다. 하루야."

"아버지" 하고 하루미가 조그맣게 불렀다.

"제대로 불러줘."

"뭘?"

"이름."

에엣, 하고 아버지가 크게 숨을 뱉었다.

"건강해라, 카를로스⋯, 카를로스⋯ 으음."

"하루미." 청년이 말했다.

"하루미." 말하고 아버지가 입을 다물었다.

"아버지⋯, 왜 그러세요? 어디 불편하세요?"

"음, 아니다." 아버지가 양손으로 얼굴을 감쌌다.

"하루미⋯, 건강해라."

"안녕, 아버지."

"안녕은 정말" 하고 아버지가 하루미에게 등을 돌렸다.

"정말 쓸쓸한 말이야. 너희 나라에서는 뭐라고 하나?"

"안녕, 이 좋아."

그 말에 아버지는 더 이상 아무 말도 하지 않았다.

"완전히 갔네." 이모토가 중얼거렸다.

"잠드셨어, 아버지."

가볍게 코 고는 소리가 들렸다.

"미안해, 하루미. 내가 배웅할게."

"괜찮아." 하루미가 웃었다. 꽃이 피듯 환한 미소였다.

하루미가 아버지에게 담요를 다시 덮어주었다.

"안녕, 아버지."

아버지를 거실에 남겨두고 현관으로 갔다. 이모토는 아버지가 걱정된다며 남아 있겠다고 했다. 그리고 하루미 등을 토닥였다.

"정말 잘했어, 하루미. 전에는 조그마한 애였는데. 사람은 겉만 보고 모른다니까."

하루미가 웃으며 이모토의 앞머리를 잡았다.

"사돈 남 말, 못해."

그 말에 이모토가 웃었다.

밖으로 나가자, 하늘에는 별이 가득했다.

달빛에 하루미의 커다란 그림자가 도로에 뻗어 있다. 둘이 나란히 걸어가자, 그 그림자는 어른과 아이 같았다.

하루미가 걸음을 멈추고 돌아보았다. 그리고 집을 바라보았다.

유리코도 걸음을 멈추고 같이 집을 보았다.

지붕과 벽도 모두 하루미와 아버지가 새로 칠해서 몰라볼 정도로 달라져 있었다.

"하루미, 고마워."

집을 올려다보던 하루미가 시선만 떨어뜨려 유리코를 바라보았다.

"와줘서 고마워."

그 말에 하루미는 눈웃음만 짓고 천천히 걷기 시작했다.

아버지가 하루미에게 주려 했던 사례를 가지고 온 게 생각났다. 앞치마 주머니에서 꺼냈다. 잊기 전에 주려고 했다.

"잠깐만. 하루미."

하루미가 걸음을 멈췄다. 뛰어가서 가만히 손수건으로 싸 온 봉투를 건넸다.

하루미가 도로 밀었다.

"필요 없어."

"그래도 받아줘. 이런 형태로밖에 표현 못 해서 실례인지도 모르지만, 고마움의 표시니까."

"정말 괜찮아."

그리고 하루미가 다시 걸어갔다. 유리코가 쫓아가자, 하루미는 가볍게 뛰기 시작했다.

"우린." 소리가 들리고 하루미가 자동차 열쇠를 공중에 던졌다. 열쇠는 별이 가득한 하늘을 향해 높이 올라갔다. 하루미가 뛰면서 떨어지는 열쇠를 다시 받았다.

야구를 마친 동네 아이들이 이 길에서 곧잘 그런 행동을 했다.

하루미는 야구공 대신에 열쇠를 몇 번이나 던졌다가 받은 다음 걸음을 멈췄다. 유리코가 따라잡자, 하루미는 손바닥에 놓인 열쇠를 바라보고 있었다.

목소리가 희미하게 들렸다.

"가만, 있을 수, 없었어요."

"무슨 말이야?"

하루미가 웃었다.

"다시 말해봐."

"싫어."

하루미는 다시 열쇠를 던지며 둑을 뛰어 내려갔다.

"계속 봤었어!" 하루미 목소리가 들렸다.

"시치고산*, 후리소데, 시로무쿠. 예쁜 누나. 언제나 예쁜 유리코."

"다 지난 얘기야."

"지금도 좋아 좋아."

유리코는 이모토의 콧노래가 떠올라서 웃었다.

하루미의 등도 웃고 있었다.

"노래가 이상해."

"노래, 이상해."

둑을 내려가자, 강가에는 이웃 사람들이 손님들의 주차장으로 이용하는 곳이 있었다.

보름달 빛을 받아서 참억새 열매가 하얗게 반짝였다.

물결처럼 나부끼는 참억새에 둘러싸여 노란색 비틀은 강하류에서 이쪽을 향해 서 있었다.

유리코가 자동차 문을 열자, 하루미가 돌아보았다.

"누나는 어떻게 해?"

"어떻게 하다니."

"예전 생활… 돌아가고 싶어?"

● 어린이들이 무사히 자란 것을 축하하는 전통 행사.

"예전 생활…." 중얼거리고 유리코는 강물 흐르는 소리에 귀를 기울였다.

하루미가 주머니에 손을 넣고 고개를 숙였다.

"안 돌아가도 돼."

"왜?"

하루미가 고개를 들며 물었다.

"만약 돌아갈 수 있다면… 시간을 되돌리고 싶어. 하지만 그건 못하잖아. 그러니까 됐어. 이대로가 좋아. 그이와 새로운 가족 모두 건강하고 행복했으면 해."

"겉치레 말이야."

"겉치레인지도 모르지만 그랬으면 좋겠어. 왜냐하면 내내 만나고 싶었거든. 히로유키 씨 아기를."

자신의 인생에 의미가 있을까. 누가 엄마이든 간에 그런 건 아무런 상관없다.

"내내, 만나고 싶었어."

하루미가 눈을 감고 고개를 숙였다.

희미한 목소리가 들렸다.

"뭐?"

하루미가 고개를 들고 무슨 말을 하려고 했다.

"뭐라고? 하루미."

유리코가 물었지만, 하루미는 대답하지 않았다. 다만 우는 듯한 얼굴로 미소 짓더니 머뭇거리며 팔을 뻗었다.

커다란 손이 살며시 유리코의 뺨에 닿았다.

"하루미 손, 차갑네."

허둥거리며 하루미가 손을 떼려는데 너무 차가워서 유리코는 두 손으로 그 손을 살며시 감쌌다.

"누나" 하고 하루미가 중얼거렸다.

"내 손은 따뜻해지지 않아."

"그렇지 않아, 따뜻해졌어."

"누나, 체온."

"아무려면 어때. 하루미가 따뜻하면."

유리코가 하루미를 감싸고 있던 손을 가만히 떼자 천천히 하루미가 등을 돌렸다.

"누나" 하는 소리가 들렸다.

"누나는 이제 안 추워?"

"안 추워."

"다행이다." 하루미의 커다란 등이 둥글게 굽었다.

"그럼 안녕이야."

그리고 하루미는 차에 올라타자 바로 시동을 걸었다. 자동차는 곧장 달려갔다.

"잠깐만, 하루미, 기다려."

인사를 안 했다.

순식간에 자동차는 둑을 올라갔다. 따라잡고 싶어서 참억새를 헤치며 뛰었다.

도로로 올라가자, 강가에서 안개가 올라왔다.

안개 속에 자동차 미등이 어른거리고, 시동 소리만이 덜덜 울려 퍼졌다.

그리고 눈 녹듯 모든 게 사라졌다.

하루미 손의 감촉이 뺨에 남아 있었다. 가만히 손을 대자 따스한 느낌이 들었다.

강물 소리를 들으면서 집에 돌아가자, 문 앞에 아버지가 서 있었다.

이모토를 배웅한 모양이다.

"갔냐?" 아버지가 강 하류를 보며 중얼거렸다.

"갔어요." 대답하자, 아버지는 말없이 집으로 들어갔다. 그제야 깨달았다.

분명히 듣고 싶지 않았던 거다. 하루미와 아버지는 상대

방이 "안녕"이라고 하는 소리를.

쓸쓸해 보이는 아버지의 굽은 등을 바라보았다.

만약 도쿄에서 살겠다고 하면 아버지는 웃으면서 배웅할 것이다. 그런데 혼자 남은 이 집에서 아버지는 저런 쓸쓸한 등으로 지내게 될까.

이모토, 하루미, 그리고 딸도 없는 이 텅 빈 집에서 오직 혼자서.

아버지가 잠든 깊은 밤, 유리코는 벽에 붙여놓은 연표를 바라보았다. 어떻게 살 것인가. 내 연표에는 어떤 걸 쓰게 될까. 연표에 써진 문장 하나, 하나의 일을 옴마는 어떻게 결단을 내리고 무엇을 단념했을까.

그림 편지를 붙여도 연표에는 빈 부분이 많이 남았다.

자식을 낳지 않은 여자의 인생은 낳은 사람에 비하면 빈 곳이 많은 건지도 모른다.

그래도 괜찮다.

지금은 그렇게 생각한다.

옴마와는 핏줄로 연결되지 않았고 그녀의 인생도 많이 알지 못한다.

그래도 줄곧 새엄마가 좋았다.

그거면 된다.

1935년, '하세가와 오토미, 고베에서 태어나다'라고 써진 첫 번째 종이 앞에 가서 그 글자를 올려다보았다.

'발자국'은 모두 처음에 이 문장으로 시작한다. 그다음부터 같은 사람은 아무도 없다. 전혀 다른 길을 걸어가는 사람들이 아주 잠깐 같은 시간을 공유한다. 그리고 헤어진다.

전지에 뺨을 대었더니 눈물이 하염없이 흘러나왔다.

"이게 옴마의 인생…우리, 옴마의 인생이었어."
서른 여섯 장에 나타낼 수 있는 시간의 흐름 속에
얼마나 많은 웃음과 눈물이 가득 담겨 있었을까.
그 종이에는 사진과 그림, 메시지로 가득 차 있었다.

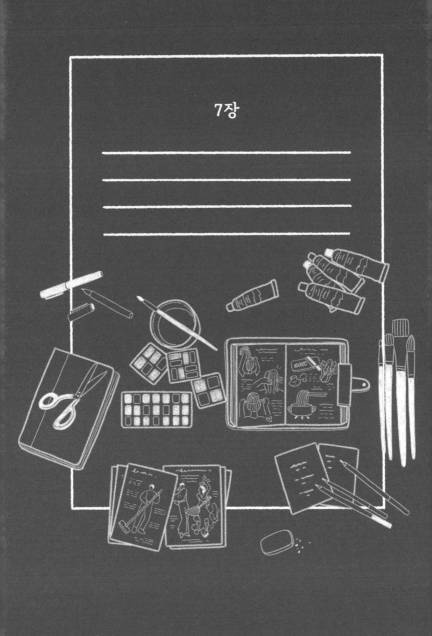

7장

오후 1시 정각. 친척들은 입구라고 써진 현관에 들어섰다가 온 벽에 붙은 오토미의 연표를 보고 깜짝 놀랐다.

　이게 뭐냐는 물음에 료헤이는 대답이 궁해졌다.

　당혹스러운 친척들은 연표를 거들떠보지도 않고 방 한가운데 놓인 낮은 탁자 주변에 모여 앉았다.

　일주일 전에 료헤이는 유리코와 분담하여 오토미의 주소록 등을 참고로 친구들과 지인들에게 엽서나 문자를 보냈다. 그런데 오후 1시부터 5시로 시간을 길게 잡아서 그런지, 친척들 이외에는 아직 아무도 없었다.

　유리코와 이모토는 튀김과 찜 요리를 만드느라 자리에

없었다. 아무런 대화도 없어서 료헤이는 난감했다.

역시 개인기 같은 게 필요했나….

다마코 누나가 크게 한숨을 쉬었다.

"료헤이도 참 별난 일을 하는구나. 독경도 없으면 올케가 헤매잖아. 돈이 없는 것도 아니면서."

"그 사람이 바란 거예요."

정말 이걸 바란 걸까.

료헤이는 자신이 없어졌지만, 주변을 둘러보며 친척들에게 말을 걸었다.

"자, 맥주라도 드세요. 그리고 그게, 그러니까, 편하게 이것저것 보시고…."

"보라고 해도…." 다마코가 입을 열었다.

"대체 뭘 보라고? 그런데 왜 유리코 남편은 안 보이지? 이혼, 결정한 거니?"

"다마코 언니…." 둘째 누나가 말렸지만 소용없었다.

"그렇게 툭툭 말하면 어떡해요."

"자식이 없으면 이혼도 빠르네. 안 낳은 건지, 못 낳은 건지, 낳게 안 해준 건지 모르겠지만. 자식들 때문에 고생하지 않아도 된다는 건 어떤 의미에서 행복한 거지."

친척들 사이에서 희미하게 웃음이 퍼졌다. 료헤이는 견

딜 수 없어서 부엌 쪽을 쳐다보았다.

요즘 유리코는 머리를 틀어 올려서 핀으로 고정해 놓고 있다. 그러면 예쁜 턱선이 또렷해져서 부모 눈에는 나이를 가늠할 수 없을 정도로 아름다워 보였다.

게다가 오토미의 카드집에 있는 '미용' 레시피를 연일 밤낮으로 이모토와 시도한 덕인지 피부는 점점 하얘지고 머리에는 윤기가 돌았다.

마음씨도 나쁜 편은 아니었다. 절대 남에게 웃음을 살만한 딸이 아니었다.

그런 생각이 들었을 때 다마코에게 따끔하게 한 소리 해주고 싶어졌다.

"누님, 매번 말씀드리려고 했는데요."

료헤이는 다마코 눈이 조금 무서워서 헛기침했다.

"유리코한테 함부로 안 낳네, 못 낳네, 그런 말씀은 하지 마세요. 나쁜 뜻은 없다는 건 알지만."

"친척 사이에 왜 그런 신경을 써야 하지?"

"너는 돈이 없으니까 부자들이 얼마나 고생하는지 몰라서 행복하겠다 그런 말은 안 하잖아요. 그런데 왜 자식은 아무렇지 않게 하는 거죠?"

"돈과 자식을 같이 보는 거 아니다."

"자식은 보배잖아요, 돈보다 고귀한 거잖아요. 돈은 벌면 만들 수 있지만 자식은 하늘에서 내려주는 거예요. 다 나름대로 사정이 있는 거라고요, 누님."

"자자, 진정해." 사촌이 료헤이에게 맥주를 권했다.

"료헤이, 너무 열받지 마."

"다마코 누님, 오토미 형수님 그림 편지나 봅시다."

"어, 이 감자튀김 맛있는데."

그렇게 이야기하는 동안에 친척들이 탁자 앞에서 일어나 연표를 보기 시작했다. 료헤이는 그 모습에 안도해 잔에 맥주를 따랐다.

"아아, 맞다, 맞아" 하는 목소리가 들렸다.

"1958년, 훌라후프 인기 대폭발. 나, 이거 잘했는데."

"맞아. 너, 너무 많이 해서 요통 앓았잖아."

친척들 사이에 잔물결 같은 웃음이 퍼졌다. 그 웃음에 안심하고 료헤이는 맥주를 마셨다.

"그건 그렇고, 아까 그 얘기는 그냥 흘려 넘기지 못하겠구나. 료헤이."

다마코가 맥주를 단숨에 들이켜더니 다가왔다.

"그런 식으로 말하면 우리가 무슨 말을 하겠니? 마음 편하게 손주들 얘기도 못 하잖아. 안 그래? 료헤이."

266

"누님 손주들 이야기는 재미있어요. 나와 유리코도 즐겁게 듣고 있고요. 마음 안 쓰셔도 되는데, 말씀을 함부로 하지 마시라는 거죠."

"뭐? 함부로 말해? 너희들, 다른 친척들이 얼마나 너네한테 마음 쓰는지 알기나 해? 리쓰코나 우리 아케미는 너희 집에 연하장을 보낼 때 일부러 신경 써서 아이나 손주들 사진이 들어간 엽서는 안 보내. 어쩐지 좀 미안하다면서. 근데 그게 여간 귀찮은 일이 아니라고. 일일이 그런 엽서를 준비한다고 생각해 봐."

"누가 부탁했어요? 저는 사진 들어간 연하장은 아이들 크는 모습을 볼 수 있어서 더 좋아요."

"그런 걸 우리가 어떻게 알아. 우리는 이미 충분히 너희한테 마음 쓰고 있어. 그런데 더 쓰라고?"

"하지만 누님, 자식 잃은 부모에게 내 자식 자랑은 하지 않고, 당뇨가 있는 사람에게 식도락 이야기도 피하잖아요. 리쓰코 누님이나 아케미가 마음을 쓰는 건 그런…."

"그러니까 마음 쓰는 게 당연하다고? 네 딸은 어디 아픈 거니? 그래, 아픈 건지도."

"아니, 누님."

"다 유리코를 생각해서 한 말인데 일일이 꼬투리 잡지 마

라. 넌, 언제까지나 막내 기질이 있어서 말하는 게 너무 물러. 그래서 이런 해괴한 법회를 하게 된 거야. 부끄럽지 않니? 장례식이나 법회는 떠난 사람을 위해서 하는 게 아니야. 살아 있는 사람을 위한 거지. 이런 이상한 법회, 난 상식이 전혀 없어요, 그렇게 말하는 것과 같은 거야."

"이제 그만하세요."

"내가 하는 말은 세상 사람들 생각과 별로 다를 게 없어. 그럼 그렇고말고, 상식인 셈이지. 분명하게 그걸 입 밖에 내느냐, 내지 않느냐의 차이야."

"이제 됐다고요, 누님."

"고모."

유리코가 고기 호빵을 가져오며 웃었다.

"돼지 호빵 드세요. 뜨끈뜨끈해요."

"왠지, 이 집에서 먹는 걸 권하면 겁난다니까."

왜 하필 이 타이밍에 나온 거냐 싶어서 료헤이는 유리코를 보았다.

굳이 다마코의 먹이가 되러 오지 않더라도….

"유리코, 지금 네 아버지한테 설교하던 참이다."

"다마코 고모."

유리코는 앉음새를 바로잡고 말을 시작했다.

"저희는 분명 자식도 없고 손주도 없어요. 자식이 있어서 알게 될 기쁨과 슬픔을 저는 모르죠. 그건 유감이에요. 하지만 고모, 자식이 없기에 얻을 수 있는 기쁨과 슬픔이 있다는 것도 아세요?"

"몰라. 알고 싶지도 않고."

"그러면 지켜봐 주세요. 저는 그걸 배울 거예요."

한순간 다마코가 입을 다물었다. 그런데 바로 목소리를 높였다.

"난, 유리코, 네가 가여워서."

유리코가 가볍게 목례를 하고 돼지고기 호빵을 권했다.

"돼지 호빵 좀 드셔보세요. 술도 더 하시고요. 상식 밖일지도 모르지만, 옴마가 바라셨어요. 49재에는 모두 같이 크게 연회를 열었으면 좋겠다고요."

"연회라니, 이게 큰 연회라고?"

"그렇다고 생각하는데요."

"그런 건 여느 법회처럼 스님이 왔다 가신 다음에 해도 되잖아."

"분향도, 독경도 필요 없다셨어요. 대신에 모두 같이 먹고 웃으면서 즐거운 연회를 크게 열었으면 좋겠다고…."

"기가 차서, 원."

다마코가 자리에서 일어났다.

"그래서 한 게 고작 이거야? 큰 연회라니… 아무리 상식이 없기로서니."

다마코가 발소리를 울리며 현관으로 향했다.

"누님, 가시게요?"

다마코 식구들이 일어나서 붙잡으려고 했다. 그 손을 뿌리치고 다마코가 걸어갔다. 할머니, 할머니 부르며 다마코를 따라 그 식구들이 현관을 나가는 소리가 났다.

단숨에 방 안이 휑해졌다.

료헤이는 김이 모락모락 피어오르는 돼지고기 호빵을 보면서 맥주를 마셨다.

친척들과 잘 지내지 못하는 남자가 연회를 연다니 무슨.

애당초 무리였다.

고개를 들자, 거실 입구에 가냘파 보이는 여자애가 서 있었다.

현관에서부터 연표를 보면서 걷다 보니 이곳에 이르렀지만, 차마 들어가지 못하는 모습이었다.

오토미가 자원봉사 할 때 보살핀 아이일까.

그 순간 즐거워졌다.

"어서 와요!"

여자애가 흠칫했다. 들고 있던 종이봉투가 툭 떨어졌다.

"아버지, 갑자기 그렇게 소리를 내시면…. 미안해요, 놀랐죠?"

유리코가 일어났다.

"료헤이 아저씨, 여긴 술집이 아니잖아요. 큰 소리를 낼 때는 끝에 귀엽게 이응 받침을 붙여요."

이모토는 여자애가 떨어뜨린 종이봉투를 주워주면서 말했다.

아아, 하고 여자애가 유리코를 말끄러미 쳐다보고 소리를 질렀다.

"유릿치?"

아앗, 여자애가 발돋움하여 료헤이를 보았다.

"달링 아쓰타?"

"달링인지는 잘 모르겠지만, 아쓰타인 건 맞는데."

"여기 있는 사람들 모두 아쓰타야."

술에 취한 친척이 쾌활하게 손을 흔들었다.

"달링 아쓰타." 읊조린 여자애가 기쁘게 웃었다.

"레시피 그림하고 똑같아."

그 얼굴이 왠지 낯이 익었다.

불현듯 오토미가 만들던 '발자국'이 떠올랐다.

"아가씨가 혹시… 미카인가?"

여자애가 의아하다는 듯 고개를 끄떡였다.

"오토미와 돼지 호빵을 만든 미카지? 그 사람이 세상을 뜨기 3일쯤 전에 같이 돼지 호빵을 만들지 않았나? 사진을 봤어. 오토미가 네 '발자국'을 만들고 있었는데…. 잠깐 있어봐라."

료헤이는 허둥지둥 오토미의 작업실로 향했다. 옮겨놓은 가구 사이를 비집고 미카의 '발자국'을 찾아 가지고 왔다. 여자애는 들고 온 봉지에 있던 걸 탁자 위에 꺼내고 있었다.

고로케 샌드위치였다.

미카는 사토미 선생님에게서 연회 이야기를 들었다고 했다. 다른 원생들은 아르바이트나 일하러 나가서 오지 못하기 때문에 우선 혼자서 왔다고 더듬더듬 말했다.

료헤이는 유리코에게 미카를 맡기고 고로케 샌드위치를 하나 덥석 베어 물었다. 약간 작았지만, 고로케에 밴 소스 맛은 정말 오토미의 맛 그대로였다. 손에 소스가 묻는 것도 개의치 않고 두 개째 먹었다.

"맛있다."

미카가 조심스럽게 료헤이를 올려다보았다.

료헤이는 그 얼굴을 보고 있자니 눈물 같은 게 올라왔다.

당황하여 세 개째 집었다.

"정말 맛있다, 맛있어. 얘야."

미카가 고개를 숙였다. "기뻐요" 하는 소리가 들렸다. 맛있다는 말에 이끌려 친척들이 다가와서 하나씩 먹었다.

맛있다는 탄성이 줄줄이 나왔다.

"오토미 아주머니 고로케야."

"가게를 내도 되겠어."

친척 중 한 사람이 진지하게 말했다. 미카가 언젠가 가게를 내고 싶다고 수줍게 말했다. 돈을 모아서 차를 사면 그걸 푸드 트럭으로 개조해서 맛있는 고로케 샌드위치를 여기저기 널리 전하고 싶단다. 돼지 호빵도 좋다고 말했더니, 여름에는 곤란하다고 오토미가 웃었던 모양이다.

료헤이는 살짝 고개를 숙이고 앉아 있는 미카에게 만들다 만 '발자국'을 건넸다.

"오토미는 다 완성해서 주고 싶었던 거 같은데…."

미카가 한 장씩 페이지를 넘겼다. 태어난 날의 기사는 이미 스크랩되어 있고, 글과 그림도 채워져 있다.

연표의 마지막 페이지에는 작은 자동차가 그려져 있었다. 아침 시장에서 본 매대와 비슷한 형태의 귀여운 차가 무지개 너머를 향해 달려가고 있다. 다만 그 그림만은 색을 칠하다 만 상태였다.

스크랩북에 눈물이 뚝 떨어졌다.

"이게 선생님의 마지막 '발자국'…."

똑바로 앉은 채 미카가 울었다. 무엇을 끊기 위해 리본 하우스에 있는지는 모르지만, 온순하고 섬세해 보이는 소녀였다.

미카가 고개를 들었다. 그리고 주위에 붙은 연표를 둘러보았다.

"저기요…." 조심스러운 목소리가 들렸다.

"…선생님의 이 그림을 붙여도 될까요?"

미카는 오토미의 마지막 연표 앞으로 걸어갔다.

"어머니는 그대로 가져가는 걸 기뻐하실 텐데."

유리코 말에 미카가 중얼거렸다.

"하지만 이건 선생님의 마지막 그림…."

유리코가 자리에서 일어났다. 이모토가 유리코를 제지하고 재빨리 안쪽으로 뛰어가서 문구류와 그림 도구가 든 상자를 들고 왔다.

가위를 받아 든 미카가 무지개와 자동차가 그려진 그림을 깨끗이 오려서 연표에 붙였다. 그리고 수줍게 물었다.

"구석에 제 이야기를 써도… 될까요?"

"구석 말고 한가운데 크게 써요."

유리코가 웃었다. 미카가 매직펜을 들고 글을 써 갔다.

- 오토미 선생님, 스도 미카에게 맛있는 돼지 호빵 만드는 법을 가르치다.

"엇, 그런 거면 나도 쓰겠는데."

술에 취한 조카가 일어났다.

- 오토미, 조카 쇼타의 카페에 카레우동 레시피를 전수하다.

"카레우동." 미카가 중얼거렸다.

"선생님이 만든 카레우동 맛있었는데. 튀김이 들어가서."

"튀김…" 하고 조카딸이 말했다.

"그 튀김을 씹으면 카레 맛 즙이 나왔잖아. 그 즙은 어떻게 만드셨을까?"

"레시피가 있어" 하고 조카와 유리코가 동시에 말했다. 잔잔한 웃음꽃이 퍼졌다.

조카딸이 일어나서 펜을 들었다.

료헤이는 벅차오르는 가슴을 견디다 못해 등을 돌렸다. 네 개째 고로케 샌드위치를 들고 현관으로 향했다.

부드러운 빵 다음에 씹을 때 느껴지는 고로케의 기분 좋은 감촉. 채 썬 양배추의 산뜻함.

몇 번이나 꿈에서 맛본 식감이었다.

하지만 만들어달라는 말은 하지 못했다.

작은 도시락 주머니를 안고 서 있던 오토미를 떠올린다.

왜, 그때 소리를 질렀을까.

왜.

그게 마지막 대화라는 걸 알았다면….

가슴이 먹먹해도 소스가 밴 고로케와 빵은 정말 맛있었다. 한 입 한 입 음미하면서 먹었다. 흘러나오려는 눈물을 가까스로 억누르고 숨을 들이켰다. 그때 열린 문으로 인기척이 났다.

고개를 들자, 히로유키가 서 있었다.

히로유키는 오토미에게 향을 피워 올리고 싶다고 했다. 료헤이는 오늘 법회에 독경도 없고 향도 피우지 않는다고 말했다.

유리코를 만나게 하고 싶지 않아서 히로유키를 밖으로 데리고 나왔다. 강물 위로 부는 바람이 눈을 자극했다.

"오토미가 유언으로 49재는 법회가 아니라 연회를 하고 싶다고 해서."

"연회요?" 히로유키가 집을 돌아보았다.

연회는 이름뿐 장례 전 밤샘을 했던 날이 더 떠들썩했다.

료헤이는 묵묵히 강가로 가는 계단을 내려갔다. 그대로 강을 따라 걷자, 히로유키도 따라왔다.

"마음은 고마운데 법회는 안 하니 분향은 됐네."

"네." 대답이 뒤에서 들렸다.

"자네도 연회 기분은 아닐 테지."

그 말에 히로유키가 돌연 앞을 가로막고 섰다. 그리고 무릎을 꿇었다. 그 당돌함에 놀랐지만, 그 이상으로 료헤이는 분노가 치밀어 올랐다.

"자네, 뭐 하는 건가?"

"뭐라 변명의 여지도 없어서."

"그럼 돌아가게."

료헤이는 돌 위에 앉았다.

갑자기 담배 생각이 간절해졌다. 끊은 지 30년도 더 넘었는데 그리웠다.

괴롭다. 이 시간을 어떻게 해야 하나.

담배 대신에 흘러가는 강물을 바라보았다. 히로유키는 아직도 땅에 머리를 조아리고 있었다.

"괜히 마음에도 없는 행동 안 해도 되니까 용건이 있으면 거기 앉게."

"처음입니다, 이런 식으로 사죄드리는 건."

"그거 괜찮은 인생이구먼."

그래도 히로유키는 얼굴을 들지 않았다. 료헤이는 옆에 있는 돌을 가리켰다.

"이제 됐네."

"이래도 마땅한 짓을… 저질렀으니까요."

"그렇지. 그래도 앉게."

히로유키가 거리를 두고 돌에 앉았다.

"실은 나도 자네와 얘기하고 싶었네. 둘 다 어린애가 아니라 참았는데."

히로유키를 보자 검은 양복의 무릎 아래에 하얗게 흙먼지가 묻어 있었다. 히로유키는 그걸 털지도 않고 강을 바라보고 있었다. 유리코와 마찬가지로 이마 쪽으로 흰머리가 나 있었지만, 어쩐지 원숙미가 느껴졌다.

히로유키는 아무 말이 없었다.

료헤이는 이야기하고 싶다고 했지만, 막상 어떻게 말을 꺼낼지 주저했다.

"유리코에게 뭔가… 자식 말고 다른 문제가 있던 거냐? 아니, 그게 제일 큰 문제라면 할 말 없네. 역시 그 때문인가?"

"아니요." 히로유키가 대답했다.

히로유키는 자식 문제는 누구 탓이랄 게 아니라, 굳이 말하면 자기 때문일지 모른다고 했다. 유리코는 자식을 만들려고 열심이었지만 히로유키 자신이 비협조적이었던 것 같다며 괴롭다는 듯 더듬거렸다.

"그럼 대체 이유가 뭔가? 그 애의 뭐가 마음에 안 들었던 거지?"

"아무것도 없습니다."

"그럼 왜 이렇게 된 건가? 말해 보게, 계기가 뭔지."

"계기랄 게."

히로유키가 중얼거리며 고개를 숙였다.

"굳이 말하자면⋯."

"뜸 들이지 말고 어서 말하게."

"거북이⋯ 입니다."

"거북이?"

유리코가 불임 치료를 그만둔 다음에 거북이를 기르기 시작했다고 했다. 작은 거북이로, 실내에서 풀어놓고 키우는 애완용이었던 모양이다.

"그게 어쨌는데 그러나?"

"거북이를 기르기 시작했을 때 어머니의 병환이 나빠

져… 잘 못 걷게 되셨습니다. 하지만 휠체어를 싫어하셔서 가능하면 직접 기어다니시는 겁니다."

"기어서요" 하고 히로유키가 손으로 입가를 감쌌다. 그리고 다시 입을 열었다.

"바닥을 기셨어요. 그처럼 활발하고 당차셨던 어머니가, 바닥을 기어다니시는 겁니다. 기면서 저를 올려다보고 웃으셨죠. 아직 움직이려면 움직일 수 있기에 당신은 행복하시다고요. 몸이 움직이는 동안은 직접 움직이시겠대요. 그럴 때 왜… 어머니도 기어다니시는 바닥 위에서 거북이를 기르는 겁니까?"

히로유키는 그러지 말라 부탁했다고 했다.

"유리코는 저한테 사과하고 풀어놓지는 않았지만 계속 길렀어요. 한번 관여한 생명에는 책임이 있기 때문이라며 베란다에서 길렀습니다. 하지만 담배를 피우려고 베란다에 갈 때마다 거북이가 저를 보는 겁니다. 뭔가를 아는 듯한 얼굴로 저를 올려다보는 거예요. 유리코에게 그 녀석은 자식 대신으로…. 자식 대신에 거북이를 귀여워한다고 생각하면 제가 비난받는 거 같아서."

"괴로웠습니다" 하고 히로유키가 힘없이 말했다.

"거북이를 볼 때마다 힘들었습니다. 저한테 결함이 있는 거 같아서. 그래서 아유미한테… 빠졌습니다."

"빠졌다, 라."

료헤이는 강물이 흐르는 모습을 응시했다. 발이 바닥에 닿을 정도의 깊이라도 흐름이 세면 사람은 빠진다. 한 번 빠지면 혼자 힘으로는 쉽게 올라오지 못한다.

'빠졌다.' 다시 속으로 되뇌었다. 젊은 여자에게는 실로 빠졌다는 말이 어울린다.

"한 번으로 끝내려고 했습니다."

히로유키가 입을 열었다.

"여러 가지 의논 상대가 되어주다가 그런 관계가 되었습니다. 하지만 서로 이해하고 바로 헤어졌죠. 그 여자는 다른 상대가 있었으니까. 저 같은 중년 남자와는 당시엔 장난 같은 거였을 겁니다."

아무리 응시해도 강물은 멈추지 않고 흘러갔다. 피곤해서 눈을 감자, 유리코가 도쿄에서 거북이를 기르는 모습이 떠올랐다.

그 순간 눈을 뜰 수 없었다.

눈을 뜨면 느슨해져 있던 눈물샘에서 무언가가 툭 하고 흘러나올 것만 같았다.

왠지, 가여워서.

강아지를 기르자고 유리코에게 말했다는 히로유키의 목소리가 들렸다.

"다시 시작하고 싶었습니다. 하지만 도저히 거북이를 견딜 수 없어서… 유리코 몰래 버렸어요. 외래종이라 강에는 못 버리고. 그래서 사이타마까지 차를 타고 가서 비슷한 애완동물 가게 앞에 돈과 같이 상자에 넣어놓고 왔습니다. 그 다음에 유리코에게 말 안 하고 강아지를 사러 갔어요. 둘이 살 때 키우고 싶던 강아지가 있었거든요. 하지만 어머니가 개를 싫어하셔서서 유리코는 안 키워도 된다고 했었어요. 하지만 밖에서 기르면 되는 거니까. 사양할 필요 없다는 마음으로… 아주 귀여운 강아지를 찾아서 데리고 돌아갔습니다. 하지만 유리코는 거북이가 없다고 울면서 쳐다보지도 않았어요. 자신은 그런 작은 생명조차 제대로 기르지 못하는 여자라며 우는 겁니다."

"얼마나 서럽고 마음 아프게 우는지….";히로유키가 중얼거렸다.

"돌아갈 수 없었습니다. 그래서 강아지를 어떻게 할지 난감해하는데 그 여자가 보고 싶다는 겁니다. 강아지를 데리고 갔더니 아주 기뻐했어요. 그 집에는 작은 사내아이가 있는데 강아지, 그 여자, 그리고 그 아이와… 거기서 지내는 게 너무 즐거운 겁니다. 그 여자는 약간… 정서적으로 불안한 데가 있는데 그것마저 귀여운 거예요. 그 여자 좋을 대로 휘둘리는 제가 젊음을 되찾은 거 같아서…. 그 여자가 기뻐하는 모습을 보는 것도 즐거워서."

"제멋대로구먼."

"네." 대답이 순순히 돌아왔다.

"너무 제멋대로라서 이런 제가 정말 싫습니다. 빠져 있던 거죠. 하지만 만난 지 얼마 안 되어 깨달았습니다. 연애로는 매력적이었던 자유분방함은 실생활에서는 아주 고통스럽다는 걸요. 하지만 헤어지려고 하면 그 여자가 자해하는 겁니다."

그럴 때 상대가 임신했다고 했다.

뭐가 나빴던 걸까.

생각했지만 답은 나오지 않았다. 다만 엇갈렸을 뿐이다.

단추와 마찬가지다. 한 번 잘못 채우면 전부 풀어서 다시 채우지 않는 한 제대로 채워지지 않는다.

하지만 다시 할 수 없다.

눈을 뜨고 강물이 흘러가는 모습을 보았다.

이것만큼은.

"새 가정을 소중히 여기게."

료헤이가 자리에서 일어나자, 히로유키가 쥐어짜는 듯한 목소리로 "이제야 알았습니다" 하고 말했다.

"뭘 말인가?"

"제가 빠져 있던 건 가족 놀이였다는 걸."

떨어져 있으면 있을수록 유리코가 그립다고 히로유키는 말했다.

"하나부터 열까지 그리워 견딜 수 없습니다. 사소한 반응, 다정한 목소리, 말투, 웃는 얼굴, 모두 다. 당연하죠. 가장 사이좋은 친구가… 그 누구보다 마음이 맞은 친구가 아내가 되었습니다. 거의 20여 년 동안 함께 있어도 내내 사이가 좋았어요. 이번 아이 일도 엄마가 유리코였다면 얼마나 좋았을까 생각했습니다."

"말 함부로 하지 말게."

그 말에 히로유키가 시선을 떨어뜨렸다.

"너무 제멋대로여서 면목이 없지만, 그래도 어떡하든 장모님 49재에는 자리하고 싶어서."

물소리가 상쾌했다. 료헤이는 그 소리 속에 좋은 지혜가 있지 않을까 싶어서 귀를 기울였다.

유리코에게 힘이 될 어떤 지혜가.

"자네 어머니는 어떠신가?"

"다음 주부터 병원 시설에 모시기로 했습니다. 실은 자리가 없었는데… 여기저기 손 좀 썼습니다."

"그렇게 안 좋으신가?"

"오늘내일하는 건 아니신데 쇠약해지셨어요. 여동생 가족과 같이 살고 싶다셨는데 거절당한 게 영향을 미친 거 같습니다. 가장 귀여워했던 막내가 싫다고 하니 몸보다 마음이 먼저 약해져서."

"유리코를 만나고 싶어 하세요" 하고 히로유키가 고개를 들었다.

"유리코에게 사과하고 싶으시답니다. 잠꼬대로도…."

"머리 쓰지 말게" 하는 말이 료헤이 입에서 나왔다.

"그 애가 그런 말을 들으면 다시 도쿄에 돌아온다고 생각하는 거 아닌가? 자네 어머니를 돌보려고."

"아뇨, 말하지 않을 겁니다."

히로유키는 힘주어 말했다.

"그래서 온 게 아닙니다."

"법회는 안 하네. 빨리 어머님께 돌아가게."

"다시 시작하고 싶습니다."

히로유키가 일어나 머리를 숙였다.

"유리코와 다시 시작하고 싶습니다. 아이 일은 인정하고 양육비를 주겠습니다. 하지만 같이 나이 든다면 유리코와 같이 나이 들고 싶습니다."

"제 어머님이…." 히로유키가 희미하게 웃었다.

"유리코가 도쿄에 왔을 때 어쩌다 이렇게 된 거냐며 우셨습니다. 저도 지금은 왜 이렇게 되었을까 하고…."

"아이가 태어나면 그런 생각 안 들 걸세."

"제 자식인지 어떤지 몰라도요?"

"그건 내 알 바 아니네. 핏줄로만 가족이라고 한다면 우리 집은 뭔가? 자네 장모는 유리코의 엄마가 아닌가? 우리 집은 가짜인가? 가족 놀이를 했던 건가? 무슨 말을 하고 싶은지는 알겠네. 하지만 그런 상대를 택한 건 자네 아닌가. 새 가족을…."

"제 가족은"하고 히로유키는 말을 막더니, 료헤이를 똑바로 보고 입을 뗐다.

"역시 유리코입니다. 지난번에 아이 엄마한테도 이야기했습니다. 한바탕 난리가 났어요. 하지만 아이와 엄마에게도 문제는 없었습니다. 제 아이인지 확신은 없지만 낳았으면 좋겠다고 말했습니다. 태어나면 대리인을 내세워 양육비를 대겠다고 문서로 작성했습니다. 하지만 너 자신이 낳고 싶지 않아서 자해한다면 저는 더 이상 막지 않겠다고 했습니다. 적어도 교육과 연관된 일을 하는 사람이 어떻게 그럴 수 있냐며 비난받고 욕먹고 있습니다. 그래도 괜찮습니다. 다시 시작하고 싶습니다. 유리코가 이런 상황이라도….”

히로유키의 목이 메었다.

“회사도 형편이 좋지 않고 양육비도 만만치 않습니다. 이전처럼 살지 못할 겁니다. 그런 상황이라도, 만약 마음이 남아 있다면 둘이 다시 시작하고 싶습니다. 장모님께도 그렇게 말씀드리고 싶어서.”

“마음이 앞섰구나.” 료헤이는 중얼거렸다.

그저 한숨만 나왔다.

태어나기 전부터 아버지가 없는 갓난아기를 생각했다. 부모가 없어서 느끼는 의지할 곳 없던 기억은 료헤이 자신 역시 나이가 든 지금도 사라지지 않는다.

특히 아버지라는 존재는….

대체 누구 편인 걸까. 발밑을 내려다보았다.

유리코만 생각하면 되는데.

그러면 만나고 가라고 말해야 한다. 하지만 입이 안 떨어졌다.

“료헤이 아저씨.” 누군가 부르는 소리가 들렸다.

소리 나는 쪽을 보자, 이모토가 가드레일에서 몸을 내민 채 손을 흔들고 있었다.

"빨리 와요, 어서요."

그 소리를 듣고 히로유키가 다시 오겠다며 공손하게 머리를 숙였다.

"연회에… 찬물을 끼얹게 될 테니까."

"바로 돌아가나?"

"7시 전 신칸센으로 돌아갈 생각입니다."

"나중에 합장하면서 자네 장모에게 말하겠네. 자네가 왔었다고."

히로유키가 엷게 웃고는 다시 고개를 숙였다. 그리고 참억새 수풀을 헤치면서 계단을 올라갔다.

료헤이도 뒤따라서 둑 위로 올라갔다. 이모토가 달려오더니 이상하다는 듯 왜 같이 오지 않냐며 히로유키 쪽을 가리켰다.

"됐어."

그 대답에 이모토 얼굴이 한순간 어두워졌다. 하지만 곧바로 웃음을 짓더니 "빨리요, 빨리" 하며 손을 잡아끌었다.

억센 힘에 이끌려서 집으로 걸어갔다. 뒤를 돌아보자, 상복 차림의 히로유키가 다리를 건너는 모습이 보였다.

료헤이는 거실에 들어섰을 때 깜짝 놀랐다.

작은 집은 사람들로 넘쳐나고 있었다. 탁자 위에는 색연필과 펜 등 다양한 그림 도구가 놓여 있고, 사람들은 제각각 연표 여백에 그림과 메시지를 채워 넣고 있었다.

그중 무조건 검은 옷으로만 입고 온 듯한 여자들이 눈에 띄었다. 그들은 오토미가 만든 '발자국'을 들고 와서 사진을 떼 내어 연표에 붙이고 있었다.

리본 하우스의 원장을 지냈던 사토미가 블로그에 하루의 일을 기록하면서 오토미의 49재 연회 얘기를 써준 모양이었다.

리본 하우스를 떠난 여자들은 오지 않을 줄 알았다.

그런데 그들은 연신 갈마들면서 연표에 사진을 붙이고 낙서 같은 그림이나 메시지를 남겼다. 앉아서 오토미의 연표를 바라보는 사람, 환성을 지으며 서로 손을 맞잡는 사람, 눈에 띄지 않게 와서 얼굴을 숨기며 급히 자리를 뜨는 사람도 있었다.

그러는 사이 지금 리본 하우스에서 지내는 사람들이 나타나서 뭔가를 적고 있었다. 해 질 녘이 되자 공장 일을 일찍 마친 외국인 청년들이 와서 악기를 연주하기 시작했다.

명랑한 음악이 흐르자, 고개를 숙이거나 눈물짓던 사람들의 얼굴이 조금씩 풀리기 시작했다.

료헤이는 연표에 붙은 사진을 한 장 한 장 들여다보며 걸었다. 모든 사진에 오토미가 한없이 밝은 표정으로 웃고 있어서 절로 미소가 지어졌다.

탁자에는 미카의 고로케 샌드위치가 아직 남아 있었다.

방 한가운데 서서 한입 베어 먹고는 벽을 한 바퀴 둘러보았다.

어디를 봐도 오토미가 행복하게 웃고 있었다.

행복한 마음으로 가득 차서 눈을 감으려는데 누군가가 들어오는 소리가 났다.

돌아보고 깜짝 놀랐다.

다마코가 히비스커스 무늬의 무무*를 입고 서 있었다. 그리고 현관을 향해 손짓했다.

"자, 모두 들어와. 부끄러워하지 말고."

다마코 식구들이 파인애플 무늬의 알로하셔츠를 입고 줄줄이 들어왔다. 다마코 남편뿐 아니라 그 자식들과 손주들

• 하와이 여성의 민속 의상.

까지 맞춰 입었다.

"넌 정말 물러" 하고 다마코가 말을 꺼냈다.

"좋아. 상식 밖으로 하고 싶으면 하면 돼. 그렇다면 제대로 해. 연회에는 노래와 음악이 있어야지. 그런데 아비나 딸내미나 하나같이 그렇게 어두워서야, 원."

남이야, 하고 료헤이는 말하려고 했다.

그런데 다마코 식구들의 화사한 차림새를 보자 아무 말도 나오지 않았다.

"아까는 내가 말이 심했어."

다마코가 유리코에게 가볍게 고개를 숙였다.

"유리코, 료헤이, 미안하다. 올케한테도 잘못했어. 그래서 사과도 할 겸 우리 국수 공장 연회 때 보여주는 춤을 보여주마. 정신이 멀쩡한 사람도 있어서 좀 창피하지만, 우리도 한자리 끼마. 자, 음악, 시작."

손자 녀석이 가지고 온 카세트 라디오 스위치를 눌렀다.

다마코가 남쪽 나라 분위기가 물씬 풍기는 하와이안 음악에 맞춰 춤을 췄다. 그 뒤에서 일동이 춤추기 시작했다. 간단한 동작을 반복했지만 익숙한지 모두 박자가 맞았다.

외국인 청년들이 음악에 맞춰 리듬을 넣었다. 술에 취한 친척들이 기분 좋게 손장단을 쳤다. 연표를 보던 사람들이 돌아보며 따뜻한 눈길로 지켜보았다.

밖에서 〈저녁놀*〉이 흘러나왔다.

이제 15분 후면 오후 5시가 된다는 동네 방송이었다.

"자, 모두들" 하고 다마코가 입을 열었다.

"일어날 수 있으면 한차례 추고, 못 일어나면 손장단이라도 치면서 고인을 보내줍시다. 연회도 슬슬 끝날 시간이잖아요. 우리 오토미 올케한테 화려한 이승 선물을 들려 보내줍시다."

그 말에 사람들이 눈동냥으로 몸을 움직였다. 그 원 속에서 다마코가 눈물을 흘렸다.

"정말이지, 진짜 끝까지 번거롭게 한다니까. 올케의 소녀 취향에는 정말이지 어이가 없어. 올케 바보. 료헤이, 너도 어서 춰."

료헤이는 꽁무니를 뺐지만, 이모토가 손을 잡아끌었다. 리듬에 맞춰 몸을 흔들었다.

이윽고 귀에 익은 밝은 곡이 흘러나왔다.

〈알로하 오에〉였다.

이 노래라면 안다. 떠나는 이에게 보내는 노래다.

● 1919년에 발표된 일본의 유명한 동요.

멜로디에 이끌려 여자들이 랄랄라, 외치며 노래하기 시작했다. 노랫소리는 점차 퍼져서 이내 온 집 안에 부드럽게 울려 퍼졌다.

곡이 끝나자, 누군가가 박수를 쳤다. 커다란 박수가 쏟아지고, 연회는 끝을 알렸다.

사람들이 슬슬 돌아갈 준비를 하자, 이모토가 손뼉을 치며 말했다.

"손이 빈 사람들은 료헤이 아저씨 집의 가구 옮기는 걸 도와주세요."

"연표를 떼야지." 유리코가 전지를 한 장씩 정성스레 떼어냈다. 료헤이는 그 모습을 바라보았다.

1930년대부터 시작되어 2000년대에 끝난 연표를.

텔레비전과 신문에 요란하게 보도될 만한 내용은 하나도 없다. 그래도 불과 서른여섯 장에 나타낼 수 있는 시간의 흐름 속에 얼마나 많은 웃음과 눈물이 가득 담겨 있었을까.

유리코는 떼어낸 연표를 소중하게 두 팔로 겹쳐 안고 음미하듯 중얼거렸다.

"빈 곳이… 없어졌어."

그처럼 넓었던 여백은 이제 어디에도 없었다. 서른여섯 장의 종이에는 사진과 그림, 메시지로 가득 차 있었다.

"어디나 모두 아주 근사해."

유리코가 연표를 끌어안고 울었다.

"이게 옴마의 인생… 우리, 옴마의 인생이었어."

료헤이는 그 모습을 응시했다.

언젠가 자신의 시간도 멈출 날이 온다. 유리코의 연표에 그렇게 적힐 날도 머지않아 분명히 올 것이다.

자신이 사라진 다음 딸은 어떤 내용을 쓰면서 하얀 종이를 채워갈까.

웃는 얼굴로 있었으면 싶다.

가능하면 행복한 일들로 채워갔으면 싶다.

"유리코… 아빠는 아빠 나름대로 열심히 생각했다. 네가 사랑이 뭔지 모른다고 해서, 제대로 대답을 해주고 싶어서 말이지. 그런데 역시 너처럼 잘 모르겠구나."

유리코는 연표에 얼굴을 묻고 울고 있었다.

"네 마음이 얼마나 쓸쓸한지는 잘 알아. 하지만 그건 다른 누구도 채워주지 못하는 거야. 네 연표의 빈 곳은 네가 움직이지 않으면 메우지 못해."

히로유키는 다시 시작하고 싶다고 말했다.

그 말을 전해야 할까.

전하면 유리코는 도쿄로 돌아갈지도 모른다. 사랑이 있는지도 불분명하고 그저 편리한 요양 보호사처럼 대우받을지도 모르는 그 집으로.

그래도….

똑바로 시선을 맞추고 다시 시작하고 싶다고 한 히로유키의 얼굴을 기억한다.

49일 동안, 모두가 답을 찾고 있었다.

"유리코."

딸이 고개를 들었다.

"아까 히로유키가 왔었어. 그런데 아빠가 돌려보냈다."

유리코가 돌아보았다.

"너와 다시 시작하고 싶다고 했어. 그 여자와는 헤어진 거 같더구나. 아이는 양육비를 주면서 책임을 지겠다고 했어. 시어머님은… 별로 상태가 좋지 않으시고. 집에서 돌보지 못해 시설에 가시게 됐다고 하더라. 앞으로 경제적으로 힘들어질 모양이야. 너도 마음에 응어리가 남겠지. 하지만 네 마음이 남아 있다면 다른 누구도 아닌 바로 너와 함께 나이 들고 싶다고 했어. 자신의 가족은 유리코라면서."

유리코가 고개를 숙였다.

"또 화낼지도 모르지만, 이 아빠 의견은… 역시 너 하고 싶은 대로 하라는 거야. 이혼해서 새로운 인생을 걸어가도 좋아. 하지만 둘이 이야기해서 다시 시작한다면 역시 새로운 인생 아니냐. 지금 너는 엄마 연표로 치면 절반쯤 지나고 있는 지점이야. 뭘 하든지 간에 새로운 기분으로, 조심해서 부딪쳐라. 해주고 싶은 말은 그거다."

가마를 들어 올리는 듯한 구호 소리가 들리고, 이모토의 지시로 헛방에서 가구들이 잇따라 운반되어 원래 자리에 놓였다. 이모토가 세세하게 지시해서 나온 물건들을 정리했다. 연회에 왔던 사람들이 조금씩 돌아가기 시작했다.

료헤이는 도로로 나가 사람들에게 깊이 머리를 숙였다.

뒤늦게 유리코가 나와서 인사했다.

고개를 들었을 때 유리코가 불쑥 말했다.

"아버지, 어머님 상태가 많이 안 좋으시대요?"

"오늘내일하신 건 아닌 거 같긴 한데."

"그이는…."

"너한테 사과하러 여기까지 왔는데 연회에 찬물 끼얹는다고 돌아갔다. 다시 오겠다는 거 같더라."

"그래요." 유리코가 말했다. 왠지 다음에 만날 때는 히로유키의 어머니 장례식 때가 될 듯했다.

"나고야에서 하루 묵지 않고 7시 신칸센으로 바로 돌아 간다고 했어."

그 말에 유리코가 몹시 괴로운 표정으로 다리 쪽을 봤다.

그 왼손 약지에는 아직 결혼반지가 끼워져 있다.

다리를 건너가는 히로유키의 모습이 뇌리에 남아 있었다. 머리를 단정히 하고 엷게 화장을 한 유리코는 부모라 그런지 료헤이 눈에 아주 아름답고 품위 있는 인형 한 쌍의 한 짝처럼 보였다.

"쫓아가겠냐?" 그 말이 절로 나왔다.

유리코가 고개를 저었다.

"도저히 용서 못 하겠냐?" 물었더니 유리코는 또 고개를 저었다.

"이제 마음이 안 남은 거냐?"

유리코가 고개를 숙였다.

료헤이는 쳐다보기가 괴로워 고개를 들었다. 2층 창문이 보였다.

그다음으로 새 커튼이 눈에 들어왔다. 가로등 불에 비친 하얀색이 눈부셨다.

'저거 때문인가.' 그 생각이 불현듯 들었다.

그리고 저거다! 확신했다.

쓸쓰레한 웃음이 올라왔다.

"가라." 료헤이는 목소리를 높였다.

"마음 쓰지 마라, 유리코. 아빠한테까지 마음 쓰지 마."

"아버지…." 목소리가 조그맣게 들렸다.

"가. 마음이 남았으면 차림새 같은 거 신경 쓰지 말고 쫓아가. 돌아보지 마. 돌아보면 안 돼. 인생은 짧아."

"아버지…." 더 작은 목소리가 들렸다.

"자동차로 가면 아직 늦지 않을 거다."

료헤이는 2층 창을 올려다보았다.

유리코를 저 창에 가두면 안 된다. 마리코처럼 강물을 바라보게 하면 안 된다.

이 아이 집은 이제 여기가 아니다.

49일 동안 함께 지냈다는 사실만으로 충분히 행복하다.

"아버지." 유리코가 고개를 들었다.

"괜찮으니까 유리코, 어서 가. 좋을 대로 해라."

유리코의 뺨에 눈물이 또르르 흘러내렸다. "아버지" 하고 입술이 움직였다.

"…죄송해요."

"뭐가 미안하다고 그러냐. 미안해할 건 전혀 없어."

바보였으면 좋았을 텐데.

무신경했으면 살기 편할 텐데.

이 아이는 남보다 총명하고 착한 데다가 항상 두루두루 살피느라 앞으로 나가지 못한다.

"울지 마, 유리코. 어서 히로유키에게 전화해. 택시를 불러줄 테니."

딸을 달래고 싶어서 한순간 춤을 추듯 뛰어보았다. 유리코가 울면서 웃었다.

"아버지… 큰 소리 내지 마세요."

"큰 소리 내는 거 아니다. 화내는 거 아니야."

집 안으로 잔달음질 치면서 한층 목소리를 높였다.

"정말이다."

화나지 않았다. 화낼 일도 없다.

다만 아주 약간 쓸쓸해질 뿐이다.

이모토가 인사하며 내민 손을 유리코가 양손으로 쥐었다. 이모토가 다시 왼손을 겹쳤다.

"고마워." 유리코가 머리를 숙였다. 이모토가 황송해서 머리를 더 숙이려 했고, 잠시 두 사람은 손을 맞잡은 채 휘청거렸다.

"둘이 뭐하냐." 료헤이가 웃었다.

머리를 들고 이모토가 웃었다. 유리코도 따라 웃었다.

"이모토가 도와줘서 정말 다행이었어. 고마워."

"아니, 뭘요" 하고 이모토가 웃었다.

"잘 됐어요. 오토미 선생님도 안심할 거예요."

그 목소리를 뒤로 들으면서 료헤이는 도로로 나가 강 너머를 보았다. 택시가 달려와 다리로 들어오고 있었다.

"유리코. 잊은 거 없냐? 있어도 나중에 보내줄 테니 상관없지만."

그리고 허둥지둥 작업실로 돌아갔다.

오토미의 레시피 카드집을 가지고 나왔다.

"유리코, 이거 가져가."

"레시피집? 하지만 아버지, 이게 없음 곤란하시잖아요."

"여기에는 이 아빠 그림이 그려진 레시피와 유리코 그림이 그려진 레시피가 있잖냐. 달링 아쓰타와 유릿치라고 불렸던 거 같던데."

이모토와 유리코가 웃었다.

"그 달링 아쓰타는 나를 위해 만든 레시피고, 유릿치는 너한테 주는 레시피야."

카드를 하나씩 여기저기 놓고 보는 사이에 료헤이는 한 가지 기준이 있는 걸 발견했다.

오토미는 리본 하우스의 여자들에게 가르치는 한편, 미용과 연관 있는 식사 레시피와 고도의 기술이 필요한 살림 기술은 유리코, 아주 기본적인 살림과 건강을 유지하기 위한 식사 레시피는 아쓰타로 카드를 나누어 작성하고 있던 듯했다.

"지난번에 카드를 모두 두 부류로 나누어봤어. 그랬더니 실은 마지막에 표지가 한 장 더 들어 있더구나."

기린 앞에서 포니테일을 한 여자애가 웃고 있는 그림이었다. 수줍게 웃는 모습이 낯이 익다.

처음 오토미를 유리코에게 소개한 동물원에서 줄곧 긴장하던 유리코가 마음을 열고 즐겁게 바라보기 시작한 것이 기린이었다.

분명히 유리코는 기억하지 못하겠지만….

유리코가 '생활 레시피'라고 적힌 표지를 가만히 어루만졌다.

"저, 생각났어요. 아버지, 레시피에는 처방전이라는 의미도 있었어요."

"처방전? 찜질하시오, 한 번에 복용하시오, 같은 거?"

"네… 처방전, 49일의 레시피. 우리가 다시 일어나게끔 옴마가 남겨준 49일의 생활 레시피예요."

다시 유리코가 이모토에게 머리를 숙였다.

"고마워. 정말 고마워."

"유릿치 언니, 자, 택시 왔어요."

이모토가 쑥스러운지 유리코 등을 밀었다. 택시가 도착하자마자, 조수석 문을 열고 큰 소리로 외쳤다.

"나고야역까지 빨리요. 안전 운전으로 빨리요. 잘 부탁합니다."

뒷좌석에 올라탄 유리코가 다시 눈물을 흘렸다. 료헤이는 멋쩍은 걸 감추려고 호통을 쳤다.

"유리코, 힘내라, 힘을 내거랑!"

유리코는 살짝 고개를 끄떡이고 희미하게 웃었다.

"힘낼게요…옹."

택시는 유턴한 뒤 맹렬한 속도로 달려갔다.

이럴 때도 유리코는 등을 곧게 펴고 있는 듯했다. 택시가 다리로 접어들 때 똑바로 뻗은 목덜미가 또렷하게 보였다.

그 성실함, 완고함이 때로는 사람을 숨 막히게 한다. 히로유키가 다른 여자에게 빠진 이유 중 하나일 것이다.

하지만 그처럼 융통성 없는 건 명백히 아버지한테 물려받은 것이다. 그 때문에 한없이 가엽고 사랑스럽다.

샌들을 질질 끄는 소리가 들리고 이모토가 옆에 나란히 섰다.

"아아, 갔네요."

"그래, 갔다."

"방은 거의 정리됐고 빨래도 했어요. 유릿치 언니 짐은 내일 택배 기사분이 가지러 올 거고 고타쓰˚도 꺼냈어요. 저녁은 부엌에서 어묵탕을 끓이고 있어요."

"그래? 그럼 같이 먹자."

"아니, 그게요."

이모토가 노랑머리를 긁적이면서 곤란하다는 듯 말했다.

"실은 입이 잘 안 떨어져서 말 못 했는데, 나도 이제 가봐야 하는데."

"어딜?"

"그게, 실은 한 선배가 자기 도와서 일하지 않겠냐고 해서요. 하지만 오토미 선생님 49재를 마치는 게 먼저라고 생각해서."

● 테이블 아랫면에 난로가 붙은 난방용 탁자.

"알았다. 가능하면 계속해서 집안일 좀 도와달라고 부탁하려고 했는데. 매일은 무리지만 한 달에 몇 번이라도 괜찮고. 나도 이제 혼자 이것저것 할 수 있게 됐으니까."

"그게, 계속 그렇게 하고 싶다고 생각했는데."

이모토는 연신 고개를 크게 끄떡이다가 고개를 숙였다.

"역시 갈게요."

"그래."

처음부터 49재까지라는 걸 알았으면서….

뭘까, 이 쓸쓸함은.

"그럼 이모토도 택시를 불러줄까?"

"아니, 됐어요. 선배가 데리러 온댔어요."

"그 대신"하고 이모토가 웃더니 작은 조릿대 배를 보여주며 말했다.

"우리 집 풍습인데, 법회 때 작은 종이 인형을 강물에 띄워 보내거든요."

"나가시비나* 같은 거냐?"

오토미는 히나마쓰리 축제 때 반드시 종이로 만든 히나 인형을 조릿대 배에 태워서 강에 흘려보냈다.

● 3월 삼짇날 저녁 때 강이나 바다에 흘려보내는 종이 인형이나 그 행사.

"네, 선생님 집에도 그런 풍습이 있다고 했어요. 그래서 소소하지만 만들어봤어요."

조릿대 잎에는 비키니를 입은 금발의 종이 인형이 타고 있었다.

"그래서 료헤이 아저씨 것도 만들었어요."

"싫은데, 불길해."

"미안해요. 하지만 배가 아니에요. 서퍼예요. 조릿대 서프 보드. 이렇게 한쪽 다리를 들고 있잖아요."

과연 그 인형은 두 팔을 펼쳐 들고 한쪽 다리를 들고 있었다.

"서핑은 한쪽 다리를 들고 하는 거냐?"

"몰라요. 왠지 쓸쓸해서 들어봤어요. 오토미호 혼자면 쓸쓸하잖아요. 이걸 흘려보내면 내 일도 일단 끝나는 걸로."

료헤이는 하다못해 밥이라도 먹고 가라고 말하려다가 삼켰다. 이모토는 약간 서두르는 듯했다.

"알았다. 정말 쓸쓸해지겠구나."

"안 쓸쓸해요, 안 쓸쓸해. 료헤이 아저씨. 분명 언젠가 다시 만날 거예요."

둘이 계단을 내려가 강가로 갔다. 이모토는 다리 위를 올려다보았다.

"어쩐지 강은 무서워요, 특히 밤에 보는 강은. 여긴 다리 조명이 비춰서 괜찮은데 어두우면 다른 세상으로 끌려갈 거 같아요."

"그러면 안 하면 되잖냐."

"그럴 수는 없어요."

이모토는 강가에 도착하자 배를 내밀었다.

"배웅받으면 쓸쓸하니까 이거, 료헤이 아저씨가 오토미호를 띄워주세요. 그사이에 사라질게요. 유릿치 언니가 간 지 얼마 안 돼서 내가 가는 모습 보면 아저씨 또 우유만 먹는 생활로 돌아갈 거 같거든요."

"이제 안 그래. 그러니 배웅하마."

"아니, 됐어요. 쓸쓸해지니까. 고마워요, 료헤이 아저씨."

료헤이는 멋쩍은 걸 감추려고 강으로 힘껏 배를 던졌다. 오토미호는 바로 앞 강물에 떴고, 조릿대 서프 보드는 공중에서 몇 바퀴 돌더니 갑자기 가라앉았다.

"이모토, 서퍼 아쓰타호, 갑자기 물에 가라앉았잖아, 너무한 걸…."

아쉬움에 웃으며 돌아보았는데 이모토 모습은 벌써 보이지 않았다.

계단을 뛰어 올라가 주변을 두리번거렸다. 멀리 강 하류를 향해서 자동차가 한 대 달려가는 모습이 보였다.

그런데 이모토가 그 차를 탔을 거 같지는 않았다. 다시 주위를 둘러보았다.

"얘야, 이모토, 이모토야, 이봐."

대답은 없고 강물 소리만 귓전에서 들렸다.

"이모토, 이모토야."

주변을 둘러보며 불러보았고 강가로 돌아갔다.

조릿대 배는 이미 보이지 않았다. 강물 소리만 울렸다.

그때 갑자기 배 속에서 웃음이 복받쳤다.

"그래, 그런 거구나, 그래, 그런 거야. 어쩌면."

웃음은 그치지 않았고, 왠지 눈물이 흘러내렸다.

"그래, 당신, 도깨비 분장으로 나타난 거였어. 아마 무슨 사진엔가 도깨비 모습을 한 게 한 장 있었어. 당신, 그 모습으로 온 거야, 들키면 곤란하니까. 당신이었구나, 오토미. 그래⋯. 그런 거지?"

웃으며 웅크려 앉았다.

그럴 리가 없는데.

강가 돌멩이의 차가운 감촉이 허리에 전해졌다.

"그럴 리가, 없잖아."

그렇지 않으면 어떻게 브라질 청년을 데리고 왔냔 말이

다. 그렇지 않아도 말을 잘 못하는 청년인데.

돌멩이를 쥐고 강으로 던졌다. 연달아 돌멩이를 내던지는데 갑자기 매끈매끈한 촉감이 느껴져서 손을 들여다보았다. 하얀 돌을 쥐고 있었다.

그래, 하며 웃었다.

마리코는 여기서 주운 하얀 돌을 죽는 순간까지 쥐고 있었다. 사후에 다마코가 그 돌을 발견하고 마리코 옷으로 주머니를 만들어 어린 유리코에게 지니게 했다.

그 돌에 대해서 마리코는 아무 말도 하지 않았다.

마찬가지로 료헤이 자신이 아무에게도 하지 않은 말.

여자애처럼 부드러운 얼굴의 청년을 생각했다.

그건….

"너… 너도 왔던 게냐? 아니냐? 누나가 곤경에 처한 걸 보고 가만히 있지 못하고. 그렇지? 너는 착한 애니까."

너무 착해서 이 세상에 태어나지 않은 아이.

"하루미" 하고 중얼거렸더니 눈물이 흘렀다.

"그래, 너… 넌 말을 잘 못할 거야. 말을 알아도 목소리가… 첫울음도 울지 못했으니까. 넌…."

눈물이 쏟아져 고개를 숙였다.

그리운 비틀에 기분 좋게 타고 있던 하루미를 생각했다.

외출할 때마다 항상 타이밍 좋게 말을 걸어와 여기저기 실어다 주었다.

그리운 그 자동차로.

"어떻게 움직이게 했을까." 중얼거렸다. 천천히 다리를 건너가는 노란색 비틀을 떠올렸다.

"그래, 그런 거였구나."

웃음소리가 낮게 흘러나왔다.

"터틀이야."

분명히 유리코의 거북이는 죽었다. 애완동물 가게 앞에 버려져서.

후후, 하고 웃으며 돌을 쥐었다.

"내 머리가 이상한 건가? 이상한 걸 거야. 노망이 들었나, 돌았나."

그렇더라도 이대로 미친다면 행복하다.

거북이를 타고 환상 속의 아이가 나타났다. 괴상한 모습으로 아내가 돌아왔다.

행복한 그 기분으로 있을 수 있다면.

"선배가 데리러 온다고 했지. 그래, 선배… 마리코구나. 잘 지냈소? 하루미도 같이 있는 거요? 그러면 쓸쓸하진 않겠구려."

일어서자, 밤의 강물이 눈앞에 펼쳐졌다.

"그렇다면 다행이요. 하지만 난 쓸쓸하오."

오토미가 했던 말을 떠올린다.

강은 만물의 경계, 이뿃 세계의 입구. 꿈과 현실, 과거와 미래, 온정신과 광기, 저세상과 이 세상의 경계선.

"이봐, 오토미, 오토미. 기다려, 나도 같이 갈 거요."

다리는 가볍게 움직였고, 주저 없이 강 속으로 뛰어들었다. 무릎 깊이까지 뛰어들었을 때 다리가 거센 물살에 휩쓸려 두 손으로 강바닥을 짚었다.

"이보게, 나는 이제 청소도 할 수 있고, 밥도 할 수 있어. 빨래도 배웠어. 이번에는 분명히 즐겁게 할 수 있을 거야. 미안했어, 오토미, 미안해, 오토미, 몇 번씩이나 나만 두고 가지 마!"

물은 차갑고 무거웠다. 몸을 지탱하는 양손과 양발이 저렸다. 그래도 앞으로 기어갔다. 마침내 몸이 물에 떴다. 눈을 감고 물속에 가라앉아 손을 뻗으며 외쳤다.

"오토미, 이만 나도 데려가 줘. 오토미."

두 손에 뭔가 닿았고 힘껏 쥐었다. 몸이 올라가는 느낌이 들었고 호흡이 갑자기 편해졌다.

가만히 눈을 떴다. 하늘은 온통 별로 뒤덮여 있었다. 그

웅대함에 여기가 저세상인가 싶어서 손에 쥔 것을 본다.

평범한 풀이었다.

숨을 쉬면서 천천히 주변을 둘러본다.

반대편 강기슭에 도달해 있었다.

웃으려고 작게 입을 벌렸다. 그러자 눈물이 흘러나왔다.

죽은 아내가 이 세상에 돌아올 리가 없다. 하물며 노랑머리 여자애일 리가 없다. 자동차와 브라질 청년도 분명히 존재했다. 혼자라면 그렇다 쳐도 유리코와 다른 사람들도 이모토를 보고 이야기를 나누지 않았던가.

"무슨 그런 말도 안 되는 생각을."

그렇게 중얼거리고 눈을 감았다.

"그 애는 뛰어가서 자동차에 훌쩍 탄 거야. 몸이 가벼워서 그 정도는 할 수 있어. 내가 무슨 생각을 한 건지."

"그런 말도 안 되는 생각을" 하고 몇 번이나 중얼거리면서 둑을 향해 기어갔다. 만약 오늘 이런 시간에 이런 곳에서 죽어 있으면 유리코는 평생 자기 행동을 탓할 것이다.

"그럴 순 없어."

하지만, 그런데, 만약에, 하고 강물 위로 시선을 보냈다.

만약에 그랬다면, 딱 하나 묻고 싶은 것이 있었다.

오토미, 당신은 행복했었소?

료헤이는 난간에 기대어 떨면서 다리를 건넜고 현관에
쓰러졌다. 추워서 기운이 나지 않았다. 거실까지 기어가서
미닫이문을 열었다. 어묵탕 냄새가 온몸을 감쌌다.

젖은 옷을 벗고 맨몸으로 고타쓰 안으로 얼굴만 내놓고
들어갔다. 그러자 부엌으로 이어지는 유리문이 눈에 들어
왔다.

그걸 보고 울었고 웃었다.

뿌옇게 된 문에 아주 큰 하트가 행복하게 그려져 있다.

그 한가운데에는 커다랗게 'OTOMI'라고 적혀 있었다.

에필로그

아이치현의 친정집 마당에 서서 유리코는 호스로 물을 뿌렸다. 푸르른 초목이 싱싱한 빛을 내뿜고 안개 같은 물방울이 공중으로 퍼졌다.

물기를 머금은 흙 내음이 올라왔다.

멀리서 매미 소리가 들리고 저녁놀이 마당에 비췄다.

49재 연회가 바로 얼마 전 같은데, 오늘 오후 오토미의 2주기를 마쳤다.

'그 뒤 2년이나 지났구나.'

유리코는 2층을 올려다보았다.

그 연회가 끝난 다음 유리코는 도쿄로 돌아가고, 4개월

후에 아유미는 '리나'를 낳았다. 천사처럼 사랑스러운 하얀 피부의 여자아이로 머리는 옅은 모래색이었다. 그 머리는 빛의 정도에 따라서 금색으로도 보이고 갈색으로도 보였다. 며칠 뒤에 머리색이 많이 닮은 남자가 아버지라며 나타났다.

히로유키 이전에 만나던 하와이에 사는 미국인이었다.

아유미는 결국 아티스트라는 그 남자와 결혼하고, 지금은 아이들과 함께 하와이에서 살고 있다.

그리고 그때 서른여덟 살이던 유리코는 40대가 되었다.

지금은 히로유키의 회사에서 일하는 한편, 도서관에서 자원봉사로 사서 일을 하고 있다. 한 달에 몇 차례, 아이들을 위한 전시물도 만들고, 책 상담 일도 도우면서 아주 즐거운 날을 보내고 있다.

그렇게 하루하루를 소중하게 지내는 동안 유리코는 이전보다 히로유키와 마음이 잘 맞게 되었다. 최근에는 젊을 때보다 더 사이좋게 지내는 듯하다.

자동차가 집 앞에 멈추는 소리가 났다.

히로유키와 아버지가 스님을 절에 모셔다드린 김에 장을 보고 돌아온 듯하다. 오늘 밤은 아버지가 손수 요리 솜씨를 발휘하는 모양이다.

아버지는 옴마의 레시피를 완전히 마스터하고 혼자 모든 집안 살림을 할 수 있게 되었다. 유리코가 도쿄에서 살지 않겠냐고 권해도 아버지는 이 집을 떠나지 않겠다고 한다. 요즘에는 낚시에 심취해서 낚시 친구들이 종종 놀러 와 묵고 간다고 했다. 그런데 이모토와 하루미의 소식은 모른다.

아버지는 두 사람과 연락이 되지 않는 걸 별로 쓸쓸해하지 않고 그걸로 됐다고 했다.

그걸로 됐다고.

물 뿌리는 방향을 바꾸었더니 무지개가 떠올랐다.

태양을 등지고 물을 뿌리자, 뒤에서 비추는 빛이 물방울에 반사해서 무지개가 뜬다. 평소에는 절대 볼 수 없었던 빛의 색이 몇 가지 조건들이 겹쳤을 때만 파장이 맞아서 나타난다.

유리코는 어쩐지 노랑머리 소녀와 흰색 셔츠의 청년이 떠올랐다.

아버지와 둘이 무지개를 봤는지도 모른다.

태양을 등지고, 삶을 버리려 했을 때 무지개는 나타난다. 그리고 살아갈 힘을 기르고 다시 태양을 향해 걸음을 내딛기 시작하면 그 등을 밀고는 덧없이 빛 속으로 녹아든다.

녹아서….

갑자기 눈물이 맺히고 시야가 흔들렸다.

하지만 절대 잊지 않을 것이다. 언젠가 다시 우리가 만날 것만 같다.

그때는 밝게 웃고 싶다.

아버지와 히로유키가 부르는 소리가 들렸다.

물을 잠그고 목소리가 나는 곳으로 걸어갔다. 상쾌한 바람이 불어왔다.

그 부드러운 바람에 뒤를 돌아본다.

마당에 남은 발자국 위로 아름다운 무지개가 떠 있었다.

분명히 인생에는 뭔가가 필요하다.
먹고 자고 일어나는 하루하루를
선명하게 채색하는 무언가가.
행복을 느끼게 하는 무언가가.
웃음, 기쁨, 놀람, 설렘, 기대,
마음을 움직이는 아름다운 무언가가.

엄마가 주고 싶었던 사랑.
서로의 마지막으로 기억될 인생의 아름다운 장면.

저자 소개

이부키 유키

伊吹 有喜

1969년 미에현 출생. 주오대학 법학부를 졸업하고 출판사에서 잡지 편집자로 근무했다. 2008년 《여름이 끝날 무렵의 라 트라비아타(風 待ちのひと)》로 제3회 포플라사 소설대상 특별상을 받으며 데뷔했고, 《49일의 레시피》를 포함해 발표한 작품마다 대중성과 작품성을 인정 받으며 흥행을 몰고 왔다.

《49일의 레시피》는 갑작스러운 엄마의 죽음으로 커다란 무력감에 빠 진 가족들이, 엄마가 남긴 마지막 유언에 따라 다가올 49재를 즐거운 축제로 준비하는 과정을 담았다. 엄마가 그려놓은 레시피 카드를 보 며 각자의 방식으로 애도한 가족들은 상실감에서 천천히 벗어나 앞으 로 나아갈 힘을 얻는다. 엄마를 향한 후회와 사랑, 남은 가족들의 연대 와 가족애가 뭉클한 감동을 만들어낸 이 소설은 2011년 NHK에서 드 라마로 제작, 2013년에 동명의 영화로 만들어졌으며 2016년 한국에서 상영되었다.

출간작 중 《미드나잇 버스(ミッドナイトバス)》, 《저편의 친구에게(彼方 の友へ)》, 《구름을 그리다(雲を紡ぐ)》 등이 나오키상 후보에 올랐으며, 《컴퍼니》는 다카라즈카가극(宝塚歌劇) 무대화, 《개가 있는 계절》은 2020년 독서미터 '읽고 싶은 책' 1위, 제34회 야마모토슈고로상 후보 및 2021년 서점대상 3위에 올랐다. 그 외 《지금은 좀 운이 없을 뿐이 야(今はちょっと、ついてないだけ)》와 〈나데시코 이야기〉, 〈BAR 오이와케〉 시리즈 등을 썼다.

역자 소개

김윤수

동덕여자대학교 일어일문학과와 이화여자대학교 통역번역대학원을
졸업하였다. 옮긴 책으로 오리하라 이치의《포스트 캡슐》, 나카야마
시치리의《연쇄 살인마 개구리 남자》,《연쇄 살인마 개구리 남자의 귀
환》,《작가 형사 부스지마》,《형사 부스지마 최후의 사건》, 아비코 다
케마루의《늑대와 토끼의 게임》, 혼다 데쓰야의《세뇌 살인》, 미치오
슈스케의《해바라기가 피지 않는 여름》, 이즈미 마사토의《부자의 그
릇》외 다수가 있다.

49일의 레시피

초판 1쇄 인쇄   2024년 11월 28일
초판 1쇄 발행   2024년 12월 9일

지은이   이부키 유키
옮긴이   김윤수

책임편집   양수인
교정교열   양서현
디자인   studio forb
책임마케팅   김서연, 김예진, 김소희, 김찬빈, 박상은, 이서윤
           최혜연, 노진현, 최지현, 최정연, 조형한, 김가현, 황정아
마케팅   최혜령, 도우리
경영지원   백선희, 권영환, 이기경
제작   제이오

펴낸이   서현동
펴낸곳   ㈜오팬하우스
출판등록   2024년 5월 16일 제2024-000141호
주소   서울시 강남구 테헤란로 419, 11층 (삼성동, 강남파이낸스플라자)
이메일   info@ofh.co.kr

ⓒ 이부키 유키
ISBN 979-11-94293-32-3 (03830)

모모는 ㈜오팬하우스의 출판브랜드입니다.